啄木の手紙を読む

池田功
Isao Ikeda

新日本出版社

啄木の手紙を読む＊目　次

まえがき　5

1　ブログ感覚の手紙　9

ドナルド・キーンの指摘　9　ブログ風の手紙　11
書きながら考えを記す実況中継型　15　会話をまじえた脚本型　18
小説の一場面のような手紙　21　手紙と随筆の共通性　25

2　書き出し・時候・追伸の工夫　28

頭語と結語の省略　28　書き出しの工夫の数々　30
呼びかけ・詫び・直接的でオーバーな喜びの表現　32　時候の挨拶　34
春の時候の挨拶　37　夏の時候の挨拶　40　秋の時候の挨拶　42
冬の時候の挨拶　45　文豪たちの追伸の効果的な使用　46
短歌や俳句を追伸に　48　菅原芳子への思いを追伸欄の短歌に　50
橘智恵子宛の二三首との比較　53　ひたすら「よろしく」と懇願する　55
長い長い追伸欄　58　追伸欄に毒の利いた皮肉を　60

3 文体革命の時代と署名 62
五一一通の年度別変化 62　対人関係の変化を手紙にみる 64
候文の手紙と口語文の手紙 66　晩年の苦悩は口語文で記すしかない 67
生涯候文で書いた姉崎嘲風宛 70
生涯候文の金田一宛と口語文で通した妹光子宛 72
途中から文体が変化した郁雨宛 75　五五種類の署名 78
ふざけた署名の理由 79

4 経済苦の発信 84
金銭の記録と発信 84　金田一への最初の借金依頼 86
小生の「恐るべき敵」は金なり 89　原稿料を以て不義理を償はむ 91
郁雨への最初の借金 94　北海道における賃金や生活費 96
上京後の収入の見込みとは 98　原稿の売り込みに失敗 101
懸賞小説への応募 103　朝日新聞社勤務 106
社からの前借の必要な理由 108　妻の家出と生活態度の一変 110
はたらけど／はたらけど…… 113
最後の前借と芥川龍之介の前借との比較 116

5　病苦の発信　120

生涯を通した病苦の記述　120　頭痛と神経衰弱の発信の数々　122
恢復や健康の有り難さをアピール　125　慢性腹膜炎の病の進行を発信　128
病院の寝台の上からの発信と短歌　130　肺病での死の予知　133
退院の知らせ　135　退院後の病苦の訴え・子規との相違　137
酷暑による体調の悪化の報告　140　妻節子と母カツの病の報告　142
母の本当の病名に「私もあきらめました」　145　最後に書いた妹光子宛　148

6　思想の深まりと大逆事件への反応　150

日露戦争に軍歌を唱へん　151　反転する思想　153　「天職」観の反転　156
大逆事件の衝撃と検閲　159　大逆事件の判決への怒り　166
国禁の書よみふける秋　168　若き経済学者と「激論」を闘わす　170
安楽《ウェルビイング》を要求するのは人間の権利　172　雑誌『樹木と果実』の計画　176

石川啄木の略年譜　179
主要参考文献　184
あとがき　185

まえがき

『一握の砂』には、手紙を詠んだ歌が七首あります。次はその一首です。

用もなき文《ふみ》など長く書きさして
ふと人こひし
街に出てゆく

これは不思議な内容の歌です。何故《なぜ》なら一般的に手紙は、相手に用があってそれを伝えるために書かれるものだからです。ところが啄木は、格別に急ぎの用があって書いているわけではないのです。用もないのに書き出していったら長いものになり、そうしたら「人こひし」くなって街に出ていったのです。つまり、書くべき内容、書かなければならない内容があるから手紙を書いたということではなく、とにかく書いていったらそこに人恋しさが生まれたというのです。

実はこの歌は、啄木の手紙の本質をズバリと語っている歌なのです。啄木の手紙の多くはこのように実用的な知らせるべき内容があって書いている部分よりも、むしろはずみがついてどんどん書いていってしまったという方が圧倒的に多いのです。そして重要なのは、啄木の手紙の魅力はまさにこの「はずみがついてどんどん書いていってしまった」部分にこそあるということです。それを私はブログ感覚と名付けました。

「はずみがついてどんどん書いていってしまった」結果、明治時代には一般的であったきちんとした形式にそった模範的な手紙という範疇《はんちゅう》からそれていってしまっているものも多くあります。しかし、そこにこそ啄木の正直な気持ちや感情が赤裸々なまでに込められているのです。それを具体的に言えば、恋愛感情であったり、経済苦であったり、病苦であったり、社会思想であったりします。ある意味で愚痴《ぐち》に近いところもあります。しかし、そこに相手に向かって真剣に己の喜びや苦悩やお願いが記されていて、人間劇があるのだと私には思えます。これこそ啄木の手紙の最大の魅力なのだと考えます。あえて言えば、そのような部分は単なる手紙ではなく、文学作品になっているのだと思います。

誰《たれ》が見ても
われをなつかしくなるごとき
長き手紙を書きたき夕《ゆうべ》

これも『一握の砂』の一首です。「われをなつかしくなるごとき」長き「手紙」を書きたい、そんな黄昏《たそがれ》時であるという内容です。背後に、現実にはそのように懐かしがられていないのではないか、という寂しさがあります。それ故に啄木の手紙には、自分への関心を何とか惹《ひ》きつけようとする様々な工夫がなされているのです。

先ほどの歌で「はずみがついてどんどん書いていってしまった」と書きました。もちろんそうであるのですが、実は同時に、それぞれの手紙には多くの工夫がなされているのです。それを具体的に言えば、書き出しや、時候の挨拶や追伸、相手によって変える文体や署名等です。その工夫の数々を、本書で解き明かしてみたいと思います。

拙著『啄木日記を読む』（二〇一一年）を刊行してから、それでは手紙はどうなのかということがずっと気になっていました。同じような手紙編を刊行したいと思っていたのですが、やっと一冊にまとめることができました。本書の企画を考えた時に私が思ったのは、徹底的に編集したものにしたいということでした。と言いますのも、既に啄木の手紙については、関西啄木懇話会編『啄木からの手紙』（和泉書院）や、平岡敏夫著『石川啄木の手紙』（大修館書店）などがあるからです。そして前者も後者も、編年体で重要な手紙を取り上げながら解説をしているものであり、とりわけ後者はそれを一種の「評伝」であるとも記しています。

もちろんこのような編集は、啄木の成長に伴ってどのような人間関係の中で手紙が記されたのかが分かる意義のあるものです。しかし、啄木は『一握の砂』などを見れば分かるのですが、徹底的に編集をする人でした。私はその啄木の考えを尊重し、やはり単なる編年体で重要な手紙を並べ解説をするのではなく、啄木の手紙にはどのような特徴があり、またどのような魅力があるのかを強調するためにも、テーマ別の編集にしたいと思いました。そういう意味で本書はどこの章から読み始めても、それぞれに啄木の手紙の魅力を理解していただけると思います。どうぞ啄木の手紙の世界を堪能していただきたいと思います。

なお、本書の第一章「ブログ感覚の手紙」は、「石川啄木の書簡――書簡体文学への意識」(『明治大学教養論集』通巻二六八号、一九九四年三月)を全面的に書き直し、また第三章「文体革命の時代と署名」は、「文体面から見たる啄木書簡――『候文体』から『口語文体』へ――」(『啄木文庫』二三号、一九九四年四月)を書き改めました。それ以外の章はすべて書き下ろしです。

また、初出の論文では書簡という言葉を使いましたし、筑摩書房版の『石川啄木全集　第七巻』では書簡という言葉を使っています。書簡も手紙も基本的に同じ内容を示しています。啄木自身は「文」「手紙」という言葉を使っていますし、書簡という堅い言葉よりは柔らかいイメージのする手紙の方が良いと思い、本書では原則的に手紙を使いました。

タイトルに関して『啄木の手紙』ということも考えましたが、しかし、客観的に啄木の手紙を並べたものではなく、あくまでも私の主観に従って「読む」という行為により解読したものであるという点から、『啄木の手紙を読む』にしました。

1　ブログ感覚の手紙

用もなき文《ふみ》など長く書きさして／ふと人こひし／街に出てゆく

ドナルド・キーンの指摘

ドナルド・キーンは、石川啄木について多くの文章を書いています。その中で啄木は近代人というよりは、もっと我々に身近な現代人の感覚を持った文学者であることを一貫して指摘しています。例えば、「石川啄木」（『新潮』に二〇一四年六月号から角地幸男訳で連載）の「第一章　反逆者啄木」にも記されています。

キーンは、正岡子規の歌が「心の奥底にある感情の動きをあからさまに語ることはなかったし、また自分を一人称で語ることも滅多になかった」という近代人の歌人のそれに近いのに対して、啄木は「現代性の本質を伝えている」とします。その具体的な歌として、「我に似し友の二人よ／一人は死に／一人は牢を出でて今病む」や、「曠野《あらの》ゆく汽車のごとくに、／このなやみ、／ときどき我の心を通る。」などを挙げ、「美よりも真実」を詠もうとしているのだとしています。そして、啄木の詩歌、批評、日記、小説、手紙の「その作品のすべてに、紛れもない啄木の声が異様な生気を帯びて脈打っている。（中略）その詩歌や日記を読むと、まるで啄木が我々と同時代の人間のように見える。」と記します。このように、「裸のままの自分を見せて」いるものとして、とりわけ「ローマ字日記」に現代性を感じていることが指摘されています。

私もその通りであると思います。そのことは拙著『啄木日記を読む』に記しましたが、同じ事が手紙にも言えるのです。とりわけ手紙の中でもそれを感じるのは、現代のブログ（blog＝筆者の個人的な体験や時事問題などを日記風に書くウェブ上の活動日誌）の如く、自分の日々を赤裸々に実況中継するかのように書いている点です。確かに手紙ですから相手に向かって発信しているので読む人がいるのですが、相手に対する配慮というよりもむしろ自分の伝えたい日常や苦悩などを、脳裏に浮かんだままに速記しているという感じなのです。

もちろんブログは不特定多数を相手にした発信であり、手紙は特定の人に向けた発信であるという大きな相違があります。そうであるとしても啄木の手紙は、個人宛であると同時に不特定の多くの人に向けてのブログ的な感覚があるのです。そのことは後で記しますが、特定の相手に向けての手紙と新聞に掲載された書簡体随筆が、ほとんど同じような感じであることからも納得されることかと思います。もっと言えば、このような書簡体随筆を書くための下書きやメモのような感じで書いていたのであるとすら思えるのです。

明治時代における手紙は、作法にのっとって礼儀正しくきちんと書くことが当然と考えられていました。もちろん啄木も姉崎嘲風《あねざきちょうふう》（正治）や森鷗外（林太郎）などには、礼儀正しくきちんとした候文《そうろうぶん》で書いています。ですからすべての手紙をそのようなブログ感覚で書いていたわけではありません。当然のことながら親しい知人に向けて発信されたものだけでした。しかし、そのような手紙こそが、キーンが指摘したように「まるで啄木が我々と同時代の人間のように見え」て、啄木を現代人と感じるようにさせているのです。

ブログ風の手紙

このブログ風の手紙としては、例えば函館時代に知り合った苜蓿社《ぼくしゅくしゃ》の同人の岩崎正《いわさきただし》（一九〇八年七月七日）があります。啄木はこの年の四月に、一年間の北海道生活をやめて単身上京して人生のすべてを懸けて小説を書いていました。そして五月から金田一京助の世話になりながら、一ヵ月で四〇〇字詰原稿用紙で三〇〇枚ほども書きますが、売り込みに失敗します。六月からは苦悩をまぎらすために短歌を数多く詠みます。それが歌稿ノート「暇ナ時」です。

そのような苦悩の中にいるときに啄木は岩崎に宛てて手紙を出すのですが、その書き出しからして「毎日筆と相撲をとつて、苦しんで、汗を流してると、手紙を書く程オツクウな事はない。然《しか》し今日は成るべく詳しく僕の近況と所感を書かうと思つてペンをとつた。」と記します。この現在進行型の手紙は、六五〇〇字ほど、つまり四〇〇字詰め原稿用紙で一四枚にもなっています。

啄木はこの長い手紙に、最近身のまわりで起こったことを詳細に記していきます。四日は鷗外の家での歌会に行ったこと、その歌会の様子や鷗外の奥さんや娘さんのことなど、五日は正宗白鳥《まさむねはくちょう》を訪問し、そのぶっきらぼうな性格が好きになったこと、六日は金田一と議論をしたり、小説を書いたりしたこと、さらにゴルキイやツルゲーネフのことについて記します。このような日常に起こったことや、所感を書いた後に、今度は自らの苦悩を思いっきり書きます。

時として、死ぬ事を考へる。平気で、何の恐怖なく考へる。日記にも書いてあるよ。一週間前に、恰度《ちょうど》一週間前に、僕は辞世の歌、自殺の方法まで考へた。然し矢張死なながつた。あんな時、誰か一緒に死なうといふ見も知らぬ人——たとへば筑紫の芳子の様な——が来たら、屹度《きっと》死んだに違ひない。親！　子！　ああ、俺一人なら死ぬに苦はないが！　と考へる。然し、実際は俺一人でないからこそ死にたくもなるのかも知れぬ。痛ましい訳だ。かなしい訳だ。兎《と》に角《かく》人生は苦痛だ。神など無論無い。霊魂もない。あるのは永劫《えいごう》不変の性格の根のみだ。それが何よりの苦しみだ。

嘆きのようなつぶやきがずっと記されています。このような手紙をもらい読まされる方も苦痛かもしれません。しかし、そんなことはお構いなしに啄木は書いていきます。そのことにより、自らのストレスを発散しているかのように思われます。相手に相談をもちかけているというよりも、自らの愚痴を聞いてもらっているという感じすらします。もっともそのような親友がいるということの安心も感じられます。相手に何かのプラスになるために書いているというよりも、ブログのように一方的に自ら発信しているという形に近いのです。

　このような心の内をあからさまに記す方法は、キーンが指摘していたように「ローマ字日記」と同じものです。「ローマ字日記」はまさにローマ字という仮面により、簡単には読まれないという安心感から、世間体より自由になって独自の赤裸々な世界を構築したのでした。しかし、啄木はこの岩崎宛の手紙でも「僕は僕の小説に於て、自分が先づ素裸体《スツパダカ》になつて、一点の秘すところなく告白しようと思ふ。」と記していますが、このような小説で行うことを「ローマ字日記」でも行い、またブログ感覚の手紙でも行っていたのでした。

　岩崎に宛てた手紙の苦悩の表現ですが、これは次に引用する「ローマ字日記」（一九〇九年四月一〇日）の表現にも近いと思われます（原文は当然ローマ字ですが、読みやすさを考慮して、以後の「ローマ字日記」の引用はすべて筑摩書房版『石川啄木全集　第六巻』の漢字ひらがな書きのものを使用します）。

> 　予の求めているものは何だろう？　名？　でもない。事業？　でもない。恋？　でもない。知識？　でもない。そんなら金？　金もそうだ。しかしそれは目的ではなくて手段だ。予の心

の底から求めているものは安心だ、きっとそうだ！　つまり疲れたのだろう！（中略）予は悲しい。予の性格は不幸な性格だ。予は弱者だ、誰のにも劣らぬ立派な刀を持った弱者だ。戦わずにはおられぬ、しかし勝つことはできぬ。しからば死ぬほかに道はない。しかし死ぬのはいやだ。死にたくない！　しからばどうして生きる？　何も知らずに農夫のように生きたい。予はあまり賢こすぎた。発狂する人がうらやましい。予はあまりに身も心も健康だ。ああ、ああ、何もかも、すべてを忘れてしまいたい！　どうして？

このような不安・苦悩の一方的な独白が続いていきますが、これはほとんど岩崎宛の手紙に近いものです。啄木にとって、赤裸々に一方的に告白するという手法は、ローマ字書きによる日記も、そしてごく親しい友人に対する手紙もそれほど変わっていないように思われます。もし相違があるとすれば、それは「ローマ字日記」の中の買春の場面の生々しい描写です。このようなものは、さすがに手紙に記されることはありませんでした。

ところが、この岩崎宛の手紙にも性的なものを「（附録）」と記して書いた部分があります。「僕は、若《も》し性慾の圧迫に耐へきれぬ事があつたら、昨年の吉井君の様に芸妓女郎を買ふかも知れぬ。ズツト下つては正宗君と共に淫売屋へ走るかも知れぬ。」云々《うんぬん》と性欲のことに及んでいるのです。このようなことを書いた最後に、「何だか滅茶苦茶《めちゃくちゃ》になつた。」と記しています。一方的な独白の末に方向が定まらなくなっているのです。

書きながら考えを記す実況中継型

啄木の手紙には、日記と同じようにかなり一方的に述べているものがあることを記しましたが、これをさらに言いますと、書きたいことや伝えたいという内容がきちんとあって、それを書いている一般的な手紙とは異なっているものがあるということです。つまり、書きながら考え、脳裏に浮かんだことを速記するかの如き手紙であるということです。

もっと言えば、何か「書きたい」「訴えたい」「気持ちを伝えたい」という強烈な欲求があるのですが、しかし、その内容をきちんとまとめて整理することなく、あたかも私的な日記を書くかの如く意識の流れのままに、相手に発信する手紙に書き散らしているということです。とりあえず「書く」ことによって自分の考えや気持ちをまとめようとするメモや下書き、創作ノートの如き感じなのです。あるいは、実況中継のような面もあるということです。

これこそ、現代のブログと呼ばれるものに近いものなのではないでしょうか。明治時代の手紙にこのような、ある意味で礼儀知らずで形式を無視したものは珍しかったと思われます。しかし、それが啄木の手紙の特徴であり魅力なのです。このようなブログとも言える実況中継型の手紙は、函館の苜蓿社《ぼくしゆくしや》で知り合い後に義弟となった宮崎郁雨《いくう》（大四郎）宛に大変多くあります。

例えば一九〇九年三月二日の手紙は、全体で三二〇〇字ほど、つまり四〇〇字詰め原稿用紙で八枚にもなります。この当時の啄木は、前年五月に一年間の北海道生活を切り上げ単身上京しますが、小説の売り込みがうまくいかず貧窮と懊悩《おうのう》の末に死を思ったりしました。そしてこの年に入ってから、二月三日に同郷の朝日新聞社編集長佐藤真一の世話により朝日新聞社の校正係として入社します。啄木はその厚意に感謝し、その後生まれてわずか二〇日あまりで亡くなることになる長男の名前に「真一」と名づけました。啄木は、三月一日から出社していたのでした。いわば出社して二日後の手紙なのです。この手紙の冒頭です。

障子一重の廊下では、来た許《ばか》りの肥つた女中が、「今日は頭が痛くて死にさうだ、斯《こ》うして板を拭いてると目がまはるやうだ。」と朋輩《ほうばい》にこぼしてゐる。窓の外は煙るやうな小雨、坂下を豆腐屋が喇叭《ラッパ》を吹いて通る。煮豆売の鈴の音も聞える。遥かの砲兵工廠《こうしょう》では、試験射撃の銃声が絶間なく響いてゐる………午前十時。

一般的な手紙の「前文」に相当する、頭語、時候の挨拶、安否の挨拶などは全くありません。いきなりここから始まるのです。実はこの冒頭の文章の後に、「今迄の長い〳〵御無沙汰《ごぶさた》は何とも申訳の辞がない。」と続きます。頭語や時候の挨拶がないとしたら、ここから始めるのが、せめてもの常識かと思われます。しかし、啄木はそうではなく、今、目の前に起こっていることを実況中継するかのように書き出すのです。

そして、すぐに手紙を書かなければならなかったのですが、以下の様々なことがあったことを詳細に記していきます。つまり、スバルの編集の件で太田（木下杢太郎《もくたろう》）から電話があり印刷所に行き、それからパンの会に出席し芸術のことや社会改革について議論したこと、また翌日には北原白秋宅や大学館に行ったこと、春陽堂から原稿料をもらったこと、三円五〇銭もするオスカーワイルドの『芸術と道徳』の本を買って読んだこと、月給二五円で東京朝日新聞社に出社したことなどです。

苜蓿社同人とともに（明治40年夏）―前列左啄木、右西村彦次郎、円内右より宮崎郁雨、大島経男（流人）、並木武雄（翡翠）、吉野章三（白村）、岩崎正（白鯨）

最後に「（来客にさまたげられてるうちに今昼飯が済んだ。モウ出社の時刻。この続きを今夜書く。）」として「午後零時半」の時刻を入れて擱筆《かくひつ》しています。そしてその通りに、翌日また郁雨宛に書いているのですが、その冒頭に、「（前便のつゞき。――昨夜は所用の為め外出、つひにこの続信を書くことが出来なかつた。今朝は七時に起きた。空は晴れてゐるが、寒いカラ風が硝子《ガラス》窓を騒がしてゐる。富士がハツキリ見える。今迄新聞を読んだ。――午前九時。）」と書き始めています。これも、昨日の手紙の冒頭と同様に、実況中継型の書き方でした。

会話をまじえた脚本型

このような実況中継型の書き方をしているかと思うと、また劇場型というか芝居の脚本のような書き方をしているものもあります。今挙げた郁雨宛（一九〇九年三月二日）の、オスカーワイルド『芸術と道徳』を買った時のことです。


フラリと中西屋――書肆《しょし》――へ入つた。（中略）オスカーワイルドが最近英国詩人中の異彩であつたこと、その思想の世紀末的空気に充ちてゐることは多少聞いてゐた、そのワイルドの思想を覗《うかが》ふべき一冊の紫表紙の本が鋭くも僕の目を射た、『高いに違ひない。馬鹿な、止せ、〳〵』と胸の中で叫びながら、僕は遂に番頭に言つた――

『これはいくら?』

『三円五十銭で厶《ござ》います。』

『それその通り高い！』と僕は胸の中で言つた。その癖、殆んど本能的に僕は財布を出して、五円札一枚を番頭の手に渡した！　君、許してくれ。既に何年の間、本といふ様な本を一冊も買ふことの出来なかつた僕の、哀れな、憐《あわ》れな、愍《あわ》れな慾望は、どうしても此時抑へることが出来なかつたのだ、『止せ』と思ひながら財布を出した。『馬鹿！』と心で叫びながら買つて了つた。

このように「会話」を多用しながら、その時どうしても買いたいという欲望を抑えきれなかったことを芝居の脚本のような書き方で書いています。この芝居の脚本のような書き方は、次の日に書いた郁雨宛（一九〇九年三月三日）の方がもっとはっきりしています。実はこちらの方が前日の手紙よりも長く、実に四四〇〇字で四〇〇字詰め原稿用紙で一一枚にもなっています。

この二日間だけで郁雨宛に四〇〇字詰め原稿用紙で二〇枚も書いていることになります。このより長い方の手紙では、昨年北海道から上京しての五、六月で小説を四編書いたことや、新詩社『明星』との関わりやその人間関係のことなどを詳細に記します。そして『明星』が一〇〇号で終刊になり、次の新雑誌についての議論を「或る時こんな会話があつた」としながら、脚本のような型式で記します。

平野『口語詩なんて詰らない。僕の方の雑誌では毎号攻撃してやらうぢやないか。』
吉井『ああ、僕等の方の雑誌で』
石川『僕は然し、口語詩はいゝと思ふ――理論上いゝと思ふ。最も、今迄に出た作物の価値は別問題だが……』

平野『それアさうさ、理論上はさうだが、アンナ作物を出して威張つてるから癪《しやく》にさはるんだ。』（と不快な顔をした。平野はすぐ不快な顔をする男だ）

石川『アハ……。やるサ、大いに。』

芝居の脚本のように、平野万里、吉井勇、石川啄木の三人が新しい雑誌に対してどのような思いをもっているかを、鮮やかに描写してみせたのでした。

この日の長い手紙の最後は、「（そのうちにこの続信を書く）」で締めくくっています。啄木は時間さえあれば、まだまだ書き続けるつもりでいたことを記していますが、このような書き方もブログやフェイスブックのような気がします。普通の手紙であれば、当然のことながらそれ自体で完結しているのが普通です。ましてや明治の時代においては、それは当然すぎるくらいのことだったと思います。

しかし、啄木はそのような定型や儀礼的な慣習など一切お構いなしに、とめどなく書き記しています。これも現代のブログのように、とめどなく継続していくやり方に近い気がします。このような極めて自由で饒舌《じようぜつ》調の手紙は、一九一〇年一〇月四日の郁雨宛にも見られます。この日の手紙では妻の節子が長男を出産したこと、その思いを短歌に詠んだこと、少し健康になったことなどを簡潔に記した後に、「エ、ト、何だつけがまだ書くべき事があつたつけが、どうも思ひ出せなくなつた、何だつたらう、どうも思ひ出せない、いづれまたそのうちに」で擱筆していま す。

この手紙では、長男の出産については明確に最初から書きたい内容として意識されていましたが、それ以外のことについては書いている段階で思いついたことであるような気がします。このことは「エ、ト」以下の文章が物語っています。

しかし、このような型破りの手紙を書いたのは、郁雨宛ばかりではありませんでした。郁雨と同じく函館の苜蓿社で知り合った並木武雄宛にも同様な書き方をしています。並木は一九〇八年に上京して東京外国語学校の清《しん》語科に入学し、当時は啄木のよき相談相手でした。並木宛（一九一一年二月二五日）は、三〇〇字程の比較的短いものです。啄木が病院に入院している時で、「青山内科十八号室」という表示があります。病院での思いを記した手紙の終わりに、「(コノアトにまだ書くつもりだつたが、書きかけてゐるところへ丸谷君が来て話してるうちに忘れてしまつた)」で擱筆しています。このような終わり方も親しい友人だからこそできたことなのでしょう。

小説の一場面のような手紙

このような芝居の脚本のような仕方で手紙を書いていた啄木ですが、同じような感じで小説の一場面のような書き方もしています。慢性腹膜炎で入院することを報告する手紙については、この後の第五章「病苦の発信」で詳しく記します。ただ、ここではその中でも特に小説の一場面のような書き方をしている、郁雨宛（一九一一年二月二日）を紹介します。

まず、啄木は入院することになった経過を知らせますが、同様のことは土岐哀果《ときあいか》（善麿《ぜんまろ》）宛（同年二月一日）にも記しています。これも第五章で述べますのでここでは引用しませんが、ごくごく一般的な書き方をしているのです。ところが郁雨宛になりますと、全く異なっています。それを次に引用します。

こなひだの手紙にも僕の腹のことを書いてやつた筈《はず》だつたが、今日は専らその腹についての報告をする。昨日又木といふ友人同伴で大学病院へ行き、三浦内科の青柳といふ医者に診察して貰つた。はち切れさうにふくれた腹を一目見て、「あ、いけないく、これは可《い》けません。」と医者が言つた。さうして叩いてみたり推してみたりして、ひよいと寝台から離れて窓側の椅子に腰かけ、大事さうに腕組みをして、「すぐ入院しなくてはいけません。遅れては可けません。今日処方を書いてあげてもい、が上げずにおきませう。一日や二日薬をのんだつて何ンにもならないから……」と言つた。

「痛くないんだから、仕事をしながら治療するといふやうな訳にいきませんか。」

「そんなノンキな事を言つてゐたら、あなたの生命はたつた一年です。」

「腹膜炎ですか。」

「さうです。慢性ですから痛みがないのです。何しろ一日も早く入院する外に途はありません。毎晩夢を見るでせう？　さうでせう、内臓が非常に圧迫されてるから。かうして十日も経つと飯も食へない位ふくらんで来ます。そして余病を併発します。」

「どうも大分おどかされますね。」

「おどかしぢやありません。痛くないからあなたは病気を軽蔑してゐるらしいが、腹膜炎は腹に起《オコ》ると胸に起るだけの相違で肋膜炎と同じやうなものです。兄弟です。肋膜から肺になるやうに腹膜からもなります。脳膜炎も起します。」

「入院したら何ケ月かゝるでせうか！　一月《ひとつき》もかゝるでせうか？」

「串談《カンダン》ぢやありません。とても何ケ月などと言ふことは出来ません。すつかり治るにはマア五年間ですな。五年間は医者のいつた通りにしてゐないと再発します。」

「しかし五年間入院してゐるんぢやないでせう。社の方へ届けておく必要もあるんですが、マア何ケ月と言つたらいゝでせう？」

「さう！　とてもはつきり言へないが、それぢやマア三ケ月と言つたらいゝでせう。」

これは昨日の正午から一時頃までの話である。かう言はれて帰つて来たが、それでも僕はまだ可笑《おか》しかつた。「腹がふくれただけなんだもの！」そんな気がした。然しまた「一年だけの生命」といふことが妙に頭を圧迫した。君、僕はすぐ入院の決心をした。僕の状態はどの方面から考へても今僕に入院なんかを許さない。夜勤をやめたのは既に遅かつたが、遅かつたにしても僕はまだ死にたくない。僕は入院する。

少し長い引用になってしまいました。医者と患者である啄木との会話が見事なまでにリアルに表現されていて、小説の一場面と言っても過言ではないようにすら思えます。患者は、医者の一言一言に大変敏感になるものです。ですから、いかに医者が患者に言葉を投げかけるかは慎重でなければならないのです。

三浦内科の青柳医師は、いきなり「あゝいけないく、これは可けません。」と言い出します。患者はまだ自分の病気の重さが分かっていません。それで、「仕事をしながら治療」したいと言うと、医者は「そんなノンキな事を言つてゐたら、あなたの生命はたつた一年です。」と言います。それで患者はこれは大変な病気なのだと気づきます。最後は「僕はまだ死にたくない」と訴えています。

この、あと「一年だけの生命」ということが、患者の脳裏にこびりつきます。実は、このほぼ一年後、正確には一年二ヵ月後に啄木は亡くなっています。そのことを知っている私達には、この「一年だけの生命」という言葉の重みが伝わってきます。そのくらい重い診察であり診断の場面なのですが、手紙の中ではサーヴィス精神に溢れたユーモアさえ感じられるような表現方法をとりながら、親友に自らの病状を語っているのでした。

手紙と随筆の共通性

とりわけ郁雨宛の手紙には、ブログ風であったり脚本や小説の一場面のような書き方をしている例が多く見られます。確かに函館で知り合った郁雨には、その後家族の面倒や経済的な援助をしてもらいます。また妻の妹の堀合ふき子と結婚し義弟となる特別な存在であったことは事実です。ですから特別な親しみを込めてありのままの日常や感情を正直に伝えていたのでしょう。手紙という二人だけの関係の閉じられた空間における場合ですと、このような率直すぎる書き方は、ある意味でそう不思議でないのかもしれません。もちろん明治時代においてはそれほど見られないのかもしれませんが、現代のメールであればこんな感じなのでしょう。

ところが興味深いのは、啄木はこのような郁雨への手紙の書き方と、公《おおやけ》の新聞というメディアに発表したものとが、ほとんど同じようなレベルにあるということです。啄木は、今引用した郁雨宛の手紙を書いた入院中に、「函館日日新聞」に八回にわたって「郁雨に与ふ　在大学病院」（一九一一年二月二〇日〜三月七日）を連載しています。八回のうち五回は「郁雨君足下。」という、手紙の脇付に用いる「あなたのおそばに」の意味の「足下」をつけています。実際の手紙でも「両君足下」（一九一一年二月四日、高田治作・藤田武治宛）という言葉を冒頭に記しています。

明らかに書簡体形式を用いた随筆なのです。もっとも啄木自身が、一回目に「予が現在かういふ長い手紙を君に書き送り得る境遇にゐるといふ事である。」とか、「この手紙を書き出してみた」と記していますので、明らかに公開の手紙ということを意識して書いていたのでした。この中の四回目に、手術の場面が記されています。少し引用してみましょう。

看護婦は「今日は貴下《あなた》のお腹の水を取るのよ。」と言つて、自分の仕事の一つ増えたのを喜ぶやうに悦々《いそいそ》として立働いてゐる。（中略）

やがて廻診の時間になると受持の医者がいつものやうに一わたり予の病気の測量をやつた後で「今日は一ッ水を取つて見ませう。」と言出した。（中略）

「穴をあけるんですか?」と突然予はかういふ問を発した。

「えゝ、然《しか》し穴といふほどの大きい穴ぢやありません。」と医者は立ちながら真面目に答へた。後から予を押へてゐた雑使婦は予の問と共にプッと吹き出して、さうしてそれが却々《なかなか》止まなかつた。若い女の健康な腹に波打つ笑ひの波は、その儘《まま》予の身体にまで伝はつて来て、予も亦遂に笑つた。看護婦も笑ひ、医者も笑つた。

そのうちに医者は注射器のやうな物を持つて来て、予のずつと下腹の少し左に寄つた処へチクリと尖を刺した。さうして抜いて窓の光に翳《かざ》した時は、二寸ばかりの硝子《ガラス》の管が黄色になつてゐた。すると看護婦は、満々《なみなみ》と水のやうなものを充たした中に黒い護謨《ゴム》の管を幾重にも輪を巻いて浸してある容器を持つて来た。

「今度は見てゐちや駄目、」と後の女はさう言つて予の両眼に手を以て蓋《ふた》をした。
「大丈夫、そんな事をしなくても……」さう云ひながら予は思はず息を引いた。さうして
「痛い――」と言つた。注射器のやうな物を刺されたと恰度《ちようど》同じ処に、下腹の軟かい肉をゑぐるやうな、鈍くさうして力強い痛みをズブリと感じた。

五回目にも、この手術の続きがずっと描かれています。基本的に会話を用いた小説の場面のような描き方は変わっていません。この医者や看護師との会話などを含めた病院内での出来事の描写は、書簡体の随筆と実際に郁雨に宛てた手紙の描き方とに基本的に大きな差は無いように思われます。もしそうだとすると、啄木は手紙であっても随筆レベルの書き方をしていたのであるということが言えるのです。決まった相手に郵送される手紙においても、全く知らない人が読む新聞においても、啄木は基本的に同じような描き方をしていたのです。

啄木の手紙がなぜ面白いのか、その大きな理由として挙げられるのは、形式的な面を重視し公的な内容に終始する一般的な手紙とは異なり、公開の手紙の如く、あるいは書簡体随筆とほとんど変わらないくらい、会話などを多用し小説の一場面であるかの如き描写をして、全く二人の関係を知らない人がこれを読んでも、小説の一場面を読んでいるかの如く味わうことができる点にあると言えるのだと思います。

2　書き出し・時候・追伸の工夫

たはむれに君が名かきて其上にまだせぬ恋の部と朱書する

頭語と結語の省略

手紙には、様々な形式が定まっています。まずは前文があり、そこには頭語、時候の挨拶、安否の挨拶（相手の安否と自分の安否）を記します。そして主文を記し、終結の挨拶と結語の末文となります。最後に後文として日付、署名、宛名、脇付を付けます。

なおこの頭語には、一般的に目上の人には拝啓を、同等や目下の人ならば前略などを付けます。また、結語には目上の人には敬具を、対等か目下の人ならば草々などを付けます。女性の場合はかしこを付けることも可能です。

このような手紙の形式がいつ頃から定まってきたのかはよく分かりませんが、かなり古い時代から日本では根付いてきているようです。とりわけ儀礼的な手紙や目上の人に対する手紙には、このような形式をきちんと守って書くことが礼儀であると考えられました。ところが興味深いことなのですが、『石川啄木全集　第七巻』（筑摩書房）に収められている手紙五一一通（番号四八六と追補五一二は全く同じものです。従って五一一通になります）を詳細に見ますと、このような形式をきちんと守っている手紙の方が少なく、圧倒的に独自で自由なスタイルで書いていることが分かります。

　そのことを頭語と結語に限定して記してみましょう。まず頭語です。啄木の手紙五一一通のうち、拝啓は三〇通ほど、啓は五通、前略は七通、拝復、復啓、拝呈《はいてい》（その相手を敬っているという謙譲語）などが一一通で、全部で五三通になります。つまり、全体の一〇％ほどしかないのです。後の九〇％は、そのよう形式張った頭語をつけずにいきなり書き出しているのです。この中でも変わり種は「拝呈」で、これは唯の一回だけ森鷗外宛（一九〇八年六月九日）に使っています。啄木の書いた小説「病院の窓」を春陽堂に買い取ってもらうために尽力してもらったことへのお礼です。「森林太郎先生」という言い方をしていますが、結語は「草々」になっています。

　結語に関しては、草々が五六通、頓首《とんしゅ》が二三通、早々が八通、かしこが六通、さよなら、もしくはサヨナラが四通、草々《そうそう》不一《ふいつ》（走り書きで気持ちを十分書きつくしていないという意）、もしくは不一が四通の合わせて一〇〇通ほどになります。全体の二〇％弱ということになり、頭語の倍はありますが、しかし、五通に一通ほどしか結語をつけることをしませんでした。

　一般的に拝啓の場合の結語は「敬具」ですが、啄木の手紙には全く使われていません。草々が最も多く、結語の半分ほどを占めます。そして頓首を多く使いますが、一般的には女性のみが使っていたかしこを、六回使っているというのも不思議な感じがしますし、さよなら（又はサヨナラ）という口語表現で終わっている場合もあります。

要するに啄木は形式的な頭語や結語に、それほど拘《こだわ》らなかったということなのです。とりわけ頭語には拘りませんでした。そしてそれに代わる書き出しの工夫をしていたのでした。

書き出しの工夫の数々

啄木は形式的な頭語をできるだけ排して、独自で印象的な書き出しを心がけました。その数々を具体的に次に書き出してみましょう。

「我親しむ君よ」（一九〇二年一〇月一七日・細越毅夫宛）
「オ、友よ我親しき友よ。」（一九〇二年一一月四日・細越毅夫宛）
「美しの御端書只今拝見いたし候。」（一九〇三年七月二七日・細越毅夫宛）
「お、友よ。」（一九〇四年二月一〇日・野村長一宛）
「（北遊第三信）十月一日午前十時半　あ丶海！　海！　北海の濤！」（一九〇四年一〇月一日・前田儀作宛）

「兄よ！　その後の御無音何とも御申訳なし。」（一九〇四年一〇月二三日・金田一京助宛）
「おさだサン、御地は毎日雪降る由　佐蔵君の手紙にかいてありましたが、あなたは風邪などにか丶らぬ様に気をつけてよく御勉強なさい。」（一九〇四年一一月一五日・立花さだ子宛）
「師よ。窓の外に聞ゆるは、雪の声ならずや。」（一九〇四年一二月一四日・姉崎嘲風宛）
「友よ友よ、生は猶活きてあり、」（一九〇五年五月三〇日・上野広一宛）
「先日ハ失礼いたし候。」（一九〇五年八月三〇日・新渡戸仙岳宛）
「その後はトント御無沙汰に打過し御申訳無之候、」（一九〇六年四月三日・前田儀作宛）
「先日はなつかしき御手紙拝見、札幌と札幌の人々が恋しくてたまらず候、」（一九〇七年一二月九日・向井永太郎宛）
「御ハガキ拝見せし時の嬉しさ！」（一九〇八年一月一八日・金田一京助宛）
「筆につくされぬ前置は以心伝心にて御諒察被下度候《くだされたくそうろう》、」（一九〇八年四月一四日・宮崎郁雨宛）
「芳子さん！」（一九〇八年一二月日不詳・菅原芳子宛）
「お芽出たう。誠にお芽出たう、初めンのは女が可いさうだよ、そして二番目は男が可いさうだ。」（一九一〇年一〇月二〇日・宮崎郁雨宛）
「長男真一が死んだ、」（一九一〇年一〇月二八日・石川光子宛）
「おめでたう御座います。はじめは女の方がい丶といふ事ですよ。」（一九一一年一月二九日・

金田一京助宛）

「お手紙は感謝にたへませんでした、」（一九一一年二月二三日・小田島理平治宛）

「今日は嬉しい日だ。君の手紙と丸谷君の青森ステエションで書いた葉書が一しよに着いた。」（一九一一年八月三一日・宮崎郁雨宛）

「只今お葉書を拝し、驚き入り申候。あの可愛気にむつちりと肥えておはせしお子様おなくなり遊ばせしとは、私も夢のやうに候。」（一九一二年一月八日・金田一京助宛）

「おれは寒くなつてから少し悪し。せつ子は大分よし。京子は丈夫。」（一九一二年一月二四日・石川光子宛）

呼びかけ・詫び・直接的でオーバーな喜びの表現

啄木の手紙の九〇%、ほぼ四五〇通ほどは決まり切った頭語を使わず、いきなり内容を書き出しています。そのほんの一部を挙げたのですが、これらは大きく五つほどに分類できそうです。

一つ目は、親しげに呼びかけるというものです。それも同等の友人か、先輩か、女性か、先生かなどで変えています。まず、親しい同格の友人の場合です。この場合は「オ、友よ我親しき友よ。」「友よ友よ、」「〇〇君よ」などという感じで書いています。また先輩や会ったばかりであまり親しくない場合は、「兄よ！」「兄よ。」などと兄を使っています。さらに女性の場合は、「おさだサン、」とか「芳子さん！」などという具合に名前で呼びかけます。敬意の高い先生の場合は、「師よ。」としています。このように対象によって言葉を変えながら、親しく呼びかけています。

二つ目は、手紙を貰って嬉しいという言葉をオーバーな表現で書いていることです。「御ハガキ拝見せし時の嬉しさ！」、「お手紙は感謝にたへませんでした、」などです。今、まさに手紙をもらって読んだその昂奮《こうふん》をそのままに感謝の言葉とともに記しています。これですと、書いた方も自分の手紙を読んでもらい喜んでもらっているのだということを実感できるかと思われます。

三つ目は、御無沙汰をしていて申し訳なかったと詫びているものです。「その後の御無音何とも御申訳なし。」、「その後はトント御無沙汰に打過し御申訳無之候、」などがこれに当たります。しかし、単に御無沙汰していたというのではなく、まずは詫びの言葉から入っているものも多くあります。「先日ハ失礼いたし候。」「先日は失礼」などです。これはもちろん、儀礼的なお世話になりましたというような意味で使われていると考えられますが、このような表現で書き出されているものが多いのです。

四つ目は、直接的に内容をオーバーな表現で示していることです。「お芽出たう。」と子どもの誕生を祝ったものや、「長男真一が死んだ、」のように長男の死を告げたものです。あるいは、「おれは寒くなつてから少し悪し。」などと自分のことや家族の体調のことを記すことです。

五つ目は、前置きをしないことを書いているものです。「筆につくされぬ前置は以心伝心にて御諒察被下度候、」と、親しい友人であり、また実に多くの手紙を書いた郁雨に宛てたもののように、もう分かっているだろうから前置きは書かぬと書き出しているものです。

以上のように、頭語の代わりに用いている表現を分析してみますと、五つくらいになりそうです。このように啄木は相手に最もふさわしい書き出しをしていたのでした。形式的で儀礼的なものではなく、まさにその相手に最もふさわしい書き出しなのです。それ故、もらった人達も味わい深く読むことができたのでしょう。

時候の挨拶

手紙の形式では、一般的に前文の頭語の次に「時候の挨拶」を入れることになっています。もちろん啄木は手紙に時候の挨拶をきちんと記しています。しかし、私が調べたところでは、ごく簡単なきまりきったものではなく、数行にわたってそれなりに啄木らしくきちんと書いていると思われるのは三一通にしか見られませんでした。五一一通からしてみれば、わずか六%ほどです。そういう意味では、啄木は必ず儀礼的に時候の挨拶を書いた人ではありませんでした。自分が書きたいと思う季節に、自分にふさわしい表現で時候の挨拶を書いたのでした。そういう意味で大変自然な味わいに満ちているのです。

時候の挨拶を書いていた時期をきちんと表1にしてみました。

（表１）

年	年　齢	時候の挨　拶
1901（明34）	15	1
1902（明35）	16	2
1903（明36）	17	3
1904（明37）	18	4
1905（明38）	19	4
1906（明39）	20	1
1907（明40）	21	1
1908（明41）	22	12
1909（明42）	23	0
1910（明43）	24	2
1911（明44）	25	0
1912（明45）	26	0

一〇代の頃はそれなりに時候の挨拶も書いていたことが分かります。そして圧倒的に多いのは一九〇八年です。この年の新年は北海道の小樽で迎え、釧路に行き五月にほぼ一年間の北海道生活を切り上げ上京しました。そしてこの年は手紙自体も他の年に比べると多いのですが、釧路の冬の厳しさと上京してからの横浜や東京の春の暖かさや秋の自然の様子などを記しています。

啄木という人はむりやり儀礼的に時候の挨拶を書く人ではなく、気候などに驚きの発見があった時のみ、自発的に時候の挨拶を書いたのでした。そういう意味では逆に時候の挨拶を見ると、啄木がどの季節のどのようなことに自然の驚きを感じていたかが分かります。

ところで春夏秋冬の季節ですが、旧暦では春を一、二、三月とし、日本の年度では春を四、五、六月とし、気象学的には春を三、四、五月とするようです。ここでは気象学的な分類から分析してみたいと思います。

啄木の手紙の時候の挨拶ですが、春は一〇通、夏は六通、秋は一〇通、冬は四通となっています。春と秋が多いことが分かります。この中の春ですが、一九〇八年に上京した時に書いたもので、実に簡単に記されているものが三通あります。これらを考えないとすると、一番多いのは秋を記したものということになります。そういう意味では、どちらかと言えば秋の季節により心を動かされていたことが、時候の挨拶からも伝わってきます。

このことは『一握の砂』の第三章を「秋風のこころよさに」とし、秋を基調とした五一首をそこに入れていることからも分かります。何首かその短歌を挙げてみましょう。

はたはたと黍《きび》の葉鳴れる／ふるさとの軒端《のきば》なつかし／秋風吹けば
秋の夜の／鋼鉄《はがね》の色の大空に／火を噴《は》く山もあれなど思ふ
岩手山《やま》／秋はふもとの三方《さんぼう》の／野《の》に満《み》つる虫を何《なに》と聴《き》くらむ
秋来《く》れば／恋ふる心のいとまなさよ／夜《よ》もい寝《ね》がてに雁《かり》多く聴く
ほのかなる朽木《くちき》の香り／そがなかの蕈《たけ》の香りに／秋やや深し

視覚、聴覚、嗅覚《きゆうかく》などの五感をフル稼働させながら啄木は秋のなつかしさや、寂しさや鬱陶《うつとう》しさなどを巧みに表現しています。次に、具体的に春夏秋冬の時候の挨拶を挙げて解説してみましょう。

春の時候の挨拶

まずは一九〇四年三月一二日、渋民村から書かれた金田一京助宛です。

　昨日一日の春の雨に、黒白半ばする斑《まだ》らの粗画を残して、廃庭の雪は大方消えてしまひました。瞑思三昧の窓、今朝は空美しく晴れて小鳥の声が楽しく響いてまゐります。五城楼下の御住居には早や白梅の匂ひもしたゝかでがなありませう。

　気象学的に三月は春とは言え、岩手県ではまだ雪が山々に残っており雨が降ったり暖かくなったりしてあちこちの雪が消えていきます。その雪が解けて春になっていく嬉しさは、雪国である新潟県出身の私にも痛いほどよく分かります。そして視覚的な様子を「黒白半ばする斑らの粗画」という例えを上手に使って表現しています。そして、「小鳥の声が楽しく響いて」いるという、聴覚からの情報を記します。さらに実際に目の前にはない、「白梅の匂ひ」もしていることでしょうという嗅覚としても記しています。

　啄木は、約四ヵ月ほどの東京生活での無理がたたって病になり、前年の一九〇三年二月二七日に父に連れられて帰郷してからずっと渋民村の宝徳寺で病と傷心を癒やしていたのでした。その最大の慰めとなったのが故郷の自然でした。この手紙には、「姉崎博士は、私に『自然の声に心を潜め玉へ、ワグネルも後の傑作は瑞西《スイス》の自然の声にえたる所多し。』と云うて下さいました。又或人達は私に今少し学校生活をやれと云うてくれますが、自然の教と学校の教と何《いず》れが尊いか位は、私幼い時から知つて居るのです。」とも記しています。いかに自然が啄木に大きな力を与えていたかが分かります。そのような自然を、東京にいる金田一にも分かち与えてあげるかのような春の時候の挨拶なのです。

姉崎嘲風宛（一九〇四年四月一二日）にも、同じように東北の寒村の春が描かれています。「梅の蕾《つぼみ》我が瞳よりも小さく、野辺の草路玉蜻《ぎよくせい》の影未だ燃えねど、吹く風袖に軽く菫《すみれ》の茗紫《めいし》曙の光に潤ひて、門田の蛙夜は歌声さへ添へつれば、この里にも春のけはひ漸くいちじろく相成り候。」云々というものです。先ほどの金田一宛から丁度一ヵ月後ですが、雪がほとんど消えて、梅が蕾となり、春の風が柔らかく吹き、啄木の大好きな菫の花が紫色に咲き、蛙の歌声が聞こえればもう本当の春であるとしています。東京にいる姉崎にもこのような心地よい春が伝わってきたことでしょう。

北海道の小樽から、春の時候の挨拶を記した小笠原謙吉宛（一九〇八年四月一七日）があります。「春温一脈袂《たもと》に入りて、街々駒下駄の音の軽さ、北海の浜も流石《さすが》は卯月《うづき》半ばを過ぎたればに候、山々の残んの雪にも春の色あり、蕗《ふき》の薹《とう》の浅き緑を数日前汽車の窓より見候ひし、」という書き出しです。ここで面白いと思うのは、春を駒下駄の軽い音で感じているところです。これはもう現代では難しい感じ方なのでしょう。

一八七八年に関東や東北、北海道を旅して『日本奥地紀行』を記した英国人のイザベラ・バードは、汽車が新橋駅に着き二〇〇人の日本人乗客が降り、その「合わせて四百の下駄の音は、私にとって初めて聞く音であった。」（高梨健吉訳）と書いています。「日本の異様な音であった」とも記していますが、西欧人が初めて聞く音としては当然のことであったと思われます。しかし、慣れ親しんだ日本人の耳には心地良かったのです。

さて、啄木の手紙の中で最後に記されたと思われる時候の挨拶があります。それは一九一〇年三月一三日の郁雨宛で、春の時候の挨拶が記されています。

もう三月も半ばになつた、あと半月でそろそろ桜が咲かうといふのだ、読書を廃し、交友に背き、朝から晩まで目をつぶつたやうな心持でせつせと働いてゐた僕にも、流石に時候の変化だけは毎日〳〵感じられた、梅見には行かなかつたけれども、その一枝づゝを携へた女づれ——多分新橋あたりの芸者だつたらう——と電車に乗合した時、事実の上に春の既に我等に近いた事を知つた、そしてこの一週間許り前から、電車線路に照つてゐる日光にも、どうやら春らしい温かみがあつた、「もう春が来る！」さういふ感じは、僕に取つても何がなく嬉しかつた、さうしてるところへ、昨日は終日雪が降つた、降つては消え、降つては消えしても七寸位は積つた、しきりなしに降るのを見てゐると、「春の雪の悲しみ」とでもいふ様な感情が僕の心にあつた、そして急にまた冬の様になつた、今日も一日耳をきる様な風が東京中に吹いた、踏みつぶされた雪どけの泥濘《でいねい》の中を、東京中の人は皆寒さうに肩を窄《すぼ》めて歩いてゐたつけ、

これまでに挙げた啄木の春の時候の挨拶が、金田一宛以外は候文《そうろうぶん》であり、また視覚・聴覚・嗅覚を用いた、いかにも儀礼的なきちんとした時候の挨拶であったのに対して、これは随分くだけた口語調のものです。今のブログとかEメール感覚のものと言っても良いかもしれません。また、啄木はこの春の雪を『一握の砂』にも詠んでいます。

春の雪／銀座の裏の三階の煉瓦造《れんがづくり》に／やはらかに降《ふ》る
よごれたる煉瓦の壁に／降《ふ》りて融《と》け降りては融くる／春の雪かな

夏の時候の挨拶

初夏の時候の挨拶を記した美しい手紙（小沢恒一宛・一九〇三年六月二六日）があります。これは渋民村から発信されています。

夕暮の静けき雨の村にオルガンの音響かせて、漂ひわたる心を名残に辿りかへる草踏みの路、

其《その》路々に雨を帯びて佇《たたず》む野《の》茨《いばら》の花のさゝやかなるけはひにも、夏の心のふくよかに籠りつべき早苗時の趣きよ。かくて今日も暮れぬ。暮れては蛙の夜の歌も懶《ものう》げにのみ聞えて、青葉の吐息夢よりも淡く一山風深く眠る所、想も遠く病の窓に倚《よ》りぬれば、いためる胸の心自ら愁へて、寂滅の境に魂迷ひ行くも斯かる折にかあるべし。夜は今十時を刻めり。か細き灯心をかき立て、さらば暫らくなつかしの友垣《ともがき》が情を忍ばんか。

初夏の夕暮れの雨の降る村に、オルガンの音の響きを名残に家路に帰る時、路傍には雨に濡れた野茨の真っ白な花が咲き、田圃《たんぼ》には青々とした早苗が植わっています。さらに暮れては家の周りからは蛙の鳴き声がして、山々の青葉の吐息が聞こえてくるようであるという、大変凝りに凝った時候の挨拶です。これ以外として、一九〇八年七月二九日の郁雨宛にも夏の時候の挨拶が記されています。

君。上京以来、徹夜は別として、今朝ほど早起した事がない。眠つたのは二時間許《ばか》り、蚊の奴に攻められて目が覚めた。癪《しやく》にさわつて〳〵仕方がなかつたが、暗の中でヤケに団扇《うちわ》づかひをしてると、二声許り烏《からす》が啼《な》いた。夜が明けるのだと諦めて、立つて雨戸を一枚明けた。水――よりも淡い黎明《れいめい》の世界に、そよとの風も吹かぬ。遠くで蜩《ひぐらし》が二疋《ひき》許り鳴く。いつもなら蜩をきくとスグ故郷を思出すのだが、今朝は寝足らぬ頭脳がボンヤリしてゐた所為《せい》か思出さなかつた。やがてチユツ〳〵と雀の声。隣りの寺で朝づとめの太鼓が鳴り出した。――それが済むと雀の声が一層喧《やかま》しくなつて、五時の時計がそちこちで鳴つた。窓の下を牛乳配達、戸をあける音、咳払ひの声………といふ順で七月二十九日がスツカリ明け放れた。

前に記した一九〇三年の文語文体のきちんとした時候の挨拶に比べますと、五年後のこちらは随分くだけた口語調のものです。今のブログとかEメール感覚の実況中継に近い書き方により、夏の朝の様子が描写されています。烏、鯛、雀、太鼓、時計、牛乳配達、戸、咳払いという感じに聴覚描写が多用されています。啄木という人は耳の人であったことがよく分かります。

秋の時候の挨拶

まず初秋の時候の挨拶です。これは一九〇五年九月一三日の盛岡より出された川上賢三宛に記されています。

こゝはみちのくの野、秋風あまねく吹きわたり候ふて、杜陵《とりよう》満城の冷霧重く、不来方《こずかた》の古城の跡は朝な夕な悲しき虫の音に埋もれ行き候、世にしみ〴〵と胸に沁むこと秋の如きはなかるべく候、秋のすべての形は神の言葉の如く私には尊とく候。一碧寥廓《いつぺきりようかく》たる秋天を仰いでは物のよろづの心あつまりぬるやと拝まれ候、向日葵《ひまわり》の枯れたる葉に濺《そそ》ぐ雨に、何かしらぬ囁《ささや》きの声ありとは、真実、文のあやには無之、これらの恵みを思へば、秀歌の都のがれ来し身の侘びしさも兎角《とこ》う忘れもせられ候、

初秋の様子が、秋風、霧、虫の泣き声、向日葵の枯れ葉などにより描写されています。特徴的なのは「風」が記されていることです。これは晩秋の時候の挨拶でも使用されます。

次に引用するのは、一九〇三年一〇月二九日の渋民村より発信された野村胡堂《こどう》（長一）宛です。

野も山も今は晩秋の風かなしく、郊外一望の稲田は今を盛りの刈入れ時、岩手の山は早や四度雪を冠りて、半腹より下まで白きもの着て居候雪は早やこの里にも近《ちかづ》きぬとて、小雀が冬の餌あさる声こゝかしこにかしましうきこえ申候天馬のいばえもすべき廓寥《かくりよう》たる秋の敗凋《はいちょう》の味、これよりは一層身にしむべくと存候

晩秋の様子を岩手山の雪、小雀の餌をあさる様子などと共に、「風」で表しています。秋はやはり秋風により感じるということ、堀辰雄の小説のタイトルにもなっている「風立ちぬ」が秋のイメージであったことは、啄木も同じだったようです。これについては、短歌にも秋の風を詠んだものが沢山あることからも分かります。例えば『一握の砂』の第一章「我を愛する歌」です。

わが抱く思想はすべて／金なきに因《いん》するごとし／秋の風吹く
くだらない小説を書きてよろこべる／男憐《あは》れなり／初秋《はつあき》の風
秋の風／今日よりは彼《か》のふやけたる男に／口を利《き》かじと思ふ

秋の風に単に夏が終わり秋になったことを知らせるという意味よりも、より世間的な冷たさを表現するのに使われています。実はこの中の二首は「明治四十三年歌稿ノート」の九月九日夜に詠まれています。このノートには『一握の砂』に採用することのなかった秋の風を詠んだ歌があります。これらは社会思想と絡めながら詠まれています。

地図の上朝鮮国に黒々と墨を塗りつゝ秋風を聞く
常日頃好みて言ひし革命の語をつゝしみて秋に入れりけり
秋の風われら明治の青年の危機をかなしむ顔なでゝ吹く

大逆事件に接し「時代閉塞の現状」を執筆した後の啄木にとって、時代はまさに閉塞しきっていたのでした。それを秋の風という言葉に込めて詠んだのです。そしてこの思いは、もともと風土的に東北の人々が感じていた、秋風が吹くことにより冷たく厳しい冬に近づいているという憂鬱な感覚をその大本にしていたのでしょう。そのような思いが時候の挨拶にも込められていたのです。

冬の時候の挨拶

意外なことなのですが、渋民や盛岡から書いた手紙には冬の時候の挨拶がほとんど書かれていません。特に理由があったとは思えませんが、結果的にそうなっています。啄木の手紙には基本的に冬の時候の挨拶そのものがほとんどありません。しかし、北海道の釧路から東京の金田一京助に宛てた（一九〇八年一月三〇日）手紙には記されています。

此釧路が日本地図の如何《いか》なる個所にあるかは、よく御存じの御事なるべくと存候、雪に埋れたる北海道を横断して、廿一日夜当地に着し候ひしより、連日の快晴にて雲一つ見ず、北の方平原の上に雄阿寒雌阿寒両山の白装束を眺め候ふ心地は、駿河台の下宿の窓より富士山を見たると大に趣きを異にし居候、雪は至つて少なく候へど、吹く風の寒さは耳を落し鼻を削らずんば止まず、下宿の二階の八畳間に置火鉢一つ抱いては、怎《ど》うも怎《こ》うもならず、一昨夜行火《アンカ》（？）を買つて来て机の下に入れるまでは、いかに硯《すずり》を温めて置いても、筆の穂忽《たちま》ちに氷りて、何ものをも書く事が出来ず候ひし、朝起きて見れば夜具の襟真白になり居り、顔を洗はむとすれば、石鹸箱に手が喰付いて離れぬ事屢々《しばしば》に候、北《キタ》グルと書いて逃ぐると訓む、北へ〳〵と参り候ふ小生は、取も直さず生活の敗将、否、敗兵にて、青雲の上に居る人の露だに知らぬ夢を、毎夜見居る事に御座候、

同じ日に出した藤田武治・高田治作宛の葉書には、「雪は至つて少なけれども、釧路の風は意地が悪い。零度以下の寒さを以て耳を落し鼻を削らずんば止まざらむとす。」とも記しています。釧路に着いてまだ一〇日ほどにしかならないのですが、釧路の厳しい寒さに驚いている様子が正直に記されています。よほど寒さに参ってしまったようでした。この釧路を詠んだ歌が『一握の砂』に収録されています。

さいはての駅に下《お》り立ち／雪あかり／さびしき町にあゆみ入りにき
しらしらと氷かがやき／千鳥《ちどり》なく／釧路の海の冬の月かな
こほりたるインクの瓶《びん》を／火に翳《かざ》し／涙ながれぬともしびの下《もと》

文豪たちの追伸の効果的な使用

さて、時候の挨拶はこれくらいにしたいと思います。手紙はこの時候の言葉を含む前文が終わ

ったら主文となり、末文、後付が記されて終わります。しかし、もし書き終わった段階で書き残していたことが分かったら「追伸」として最後に付け加えることになります。

もっともこの追伸は本来失礼なものなのです。中川越《えつ》『文豪たちの手紙の奥義—ラブレターから借金依頼まで—』（新潮文庫）では、「追伸を使うことは、手紙の正式な儀礼からは外れる。本文にすべての用件を収めて整えるのが本来の体裁だ。本文が未完成だから追伸が必要になり、つけ足して完成させた手紙は、不体裁ということになる。」と記されています。

ところが、このような常識的な約束を逆手にとって「有効活用」した文豪たちがいたとして、中川は夏目漱石（金之助）の具体的な葉書（一九〇四年九月二三日）の例を挙げています。漱石は親しい教え子の野村伝四《でんし》に、「僕或人《あるひと》からたのまれて　モロッコ国の概略をしらべる事を受合つたが多忙でそんな事が出来ない　君二三時間を潰《つぶ》して図書館に入り五六ページ書いてくれ給《たま》え」云々と用事を頼みます。そして追伸で「是非やつてくれなくてはいけない、いやだ抔《など》というと卒業論文に零点をつけるブリタニカヲ見レバアルダロウ」と、もちろん半ば冗談なのでしょうが、強く迫っています。

つまり、「印象に残りやすいので（中略）強調したいことを、あえて後回しにして追伸で書くと、効果が高まる。」（中川）のです。中川は漱石以外にも芥川龍之介も正岡子規もそれぞれに有効活用している様を記していますが、啄木の手紙も実はかなり意識的に有効活用していると思われますので、その例を挙げてみたいと思います。

その例を示す前に、まず啄木の手紙に実に多くの追伸が使われているという、その分量から示したいと思います。啄木の手紙五一一通（年賀状なども含む）のうちの八一通、実に一六％に追伸があり、六、七通に一通は追伸を書いていることになります。他の作家を具体的にきちんと調べたことはありませんが、ざっとみても漱石や芥川を見てもそれほどにはならないと思われました。啄木の手紙の追伸の使用はかなり多いものと思われます。

また、この追伸ですが、実は啄木は追伸という言葉を使用していません。「二白《にはく》」「二述」「P.S.」という表現か、あるいはそのような表現を用いずに書いているものがほとんどです。「二白」「P．S.」は辞典に載っている追伸の正式な表現ですが、しかし、「二述」は一般的に辞典には載っていません。啄木独自の表現なのです。

短歌や俳句を追伸に

追伸欄をいかに効果的に活用するかは、それぞれの文学者によって異なっています。啄木の場合、そこに短歌と俳句を使うこともありました。このようなものは、比較的初期に書かれた四通と菅原芳子宛の五通の、合計九通が残っています。初期のものはすべて盛岡中学校時代の友人に宛てた手紙です。

例えば、後に銭形平次捕物帖で有名になる野村胡堂宛（一九〇三年九月一七日）です。この時満一六歳の啄木は、中学校の最終学年である五年生で中退し文学に懸けるために上京しますが、失敗し父親に連れられて帰郷し、故郷の自然の中で再起を期していました。手紙には北村透谷の「折れたま丶咲いて見せたる百合の花。」の句を記し、「芸術の人の尊大なる執着を現して遺憾ないと思ふて居る。あ丶この執着があつて初めて、不動なる光明が来るではないか。」と今後の自らの執着も記しています。そして追伸欄に「口吟」として二首を添えています。

星寒う落葉思ひを乱す夜や「秋」は吾頬の痩に入りにけり。
花びらや、地にゆくまでの瞬きに、閉ぢずもがもか吾霊の窓。

秋に心を寄せながら、自らの痩せてしまったことを詠んだものや、花がしぼんで枯れてしまうまでの一瞬の間に何かを為そうとする執着が詠まれています。もう一通、小林茂雄宛（一九〇三年一二月一三日）も紹介しましょう。一二月の冬の厳しさと美しさを記し、『明星』に掲載された詩の批評を乞うた内容の手紙です。そして追伸欄に次の二句の俳句が記されます。

小障子に鳥の影する冬日和。
茶の花に淡き日ざしや今朝の冬。

啄木は後に故郷の渋民村を舞台にした小説「鳥影」を島田三郎主宰の「東京毎日新聞」に連載（一九〇八年一一月～一二月）しています。その題である「鳥の影」が既にこのような初期の手紙の俳句に記されていたのです。宝徳寺の障子に鳥の影が映っていたのを、啄木はずっと静かで穏やかな冬の日の出来事として記憶していたのでした。もう一句も冬の情景であり、暖かく穏やかな冬の日差しが詠まれています。啄木は短歌を生涯に三三〇〇首ほど詠んでいますが、俳句はほんの数句でしかありません。それがこのような手紙の追伸欄に詠まれていたのでした。

初期の手紙の追伸欄に詠まれている短歌や俳句は、ほとんど二首か三首というものであり、中学時代の親しい友人宛のものに限られていました。いわば友情の証のような形で付け加えられているとも言えます。ところが菅原芳子宛の追伸に記された短歌は少し異なっています。

菅原芳子への思いを追伸欄の短歌に

菅原芳子《すがわらよしこ》と啄木は、一体どのような関係だったのでしょうか。この女性は大分県臼杵《うすき》市の人で、新詩社『明星』の愛読者で組織された「ひかりの会」に所属し、新詩社に短歌を送っていました。啄木は一九〇八年五月に北海道から単身上京し文学活動を行いますが、うまくゆかず生活に困窮してしまいます。そこで新詩社の主宰者である与謝野鉄幹は、短歌の添削をさせて報酬を与えていたのでした。その添削の相手の一人が二〇歳の芳子でした。

半独身の啄木は、実際に会ったこともなく、手紙と短歌だけの女性に熱い思いを記してしまうのです。芳子宛は全部で一二通残っていますが、その中で追伸欄に短歌が記されたのは五通あります。最初は一九〇八年六月二九日の手紙です。この頃の啄木ですが、収入の無さや小説が書けない懊悩《おうのう》、娘京子の病気、川上眉山《びざん》の自殺や国木田独歩の死などに動揺し、その苦悩を短歌という形式に紛らしていました。六月二三日の夜から短歌が爆発し、二五日までに二五〇首ほどを詠み、それはのちに歌稿ノート「暇ナ時」になります。

ですからこの頃の啄木は、嗜虐《しぎやく》的ともあるいは慰めとも思える両義的な思いから短歌を爆発的に量産していたのでした。そのような流れの中で、芳子宛の手紙の追伸欄にも短歌が詠まれたのです。この日の手紙では、芳子の歌の添削のことや文壇の状況を記した上で、「まだ見ぬ人をなつかしみ候、（中略）時々お作お見せ下され度候。」と筆を止めます。そして追伸欄に「筑紫なる下り松浜その浜の石ことごとくかぞへつくせよ」という短歌を一首つけています。

これからわずか一週間後の七月七日の芳子宛は、三三〇〇字ほどの長文のものですが、自らの不遇と小説創作や詩歌への覚悟を記すものでした。そして「いざ、机の上にひるがへるなつかしの御文をまき収めて、我も亦小さき枕にさびしき夢を呼ばむか。さらば。」で筆を止め、追伸欄に八首の短歌を記しています。

沖をゆく一つ一つの帆をかぞへ我をかぞへぬ君と知れども

何しかも我いとかなし鳥よ鳥な鳴きそ鳴きそ我は悲しき
いづことも知らぬ浜辺にこの心よく知る人のありとし惑ふ
目をつぶり嵐の前の静けさの心地にありて君が名を呼ぶ
今宵君その黒髪に香たいて眠りてあれな夢に往かまし

五首のみ記しましたが、八首のすべてに芳子への熱い思いが感じられます。自らは悲しみに包まれており、あなたに慰められたいという明らかな相聞《そうもん》の歌になっています。このような歌を見知らぬ歌の先生から貰ったら、結婚前の若い女性はどのように感じるものなのでしょうか。何か常軌を逸した啄木の心の状態なのです。

しかし、これはさらにエスカレートします。この年の一二月の日付不詳の芳子宛のものは手紙そのものが過激な内容になっています。「芳子さん！　貴女のことを思ふと、私の心は乱れます。いつぞやの葉書のお歌、一々忘れずにゐます。アノ歌はホントウに貴女のお心ですか？　芳子さん、貴女は真にア、思つて下すつたのですか？　恋しき芳子さん！　真に貴女はア、思つて下すつたのですか？　いとしき人のみ胸深くまゐらす」と、熱い胸のうちを記して筆を止めます。そして追伸欄に三首の歌を記しています。

待ち待ちしその一言をききえたるその日にこそは死ぬべかりけれ

物思ふ暇だになき貧しさの我の恋こそ悲しかりけれ
窓にさす鳥影よりもはかなかること言ふ人は怨《うら》むべきかな

最初の歌の「その一言」とは一体何なのでしょうか。芳子から愛していますというような言葉を期待したのでしょうか。このようなある意味で一方的な相聞に近い歌を詠んでいるのですが、もし妻の節子宛の短歌が残っていたら、同じような内容の歌であったかもしれません。しかしその後同じような相聞の歌を、啄木は別の女性に繰り返し詠んでいると思われます。追伸欄の短歌の用例からは少し離れるかもしれませんが、その具体例を簡単に紹介します。

橘智恵子宛の二二首との比較

それは橘《たちばな》智恵子《ちえこ》を詠んだ歌です。智恵子は北海道の函館弥生小学校の訓導《くんどう》（教員）で、啄木が同校の代用教員を三ヵ月間した時の同僚でした。この智恵子への相聞の歌は、『一握の砂』の第四章「忘れがたき人人（二）」の二二首として収められています。この二二首のうち三首のみが歌集初出であり、それ以外の一九首は「東京毎日新聞」（一九一〇年四、五月）や『創作』（同年五月）などの雑誌に発表されています。

つまり、智恵子を詠んだ歌は初めから公表されているのに対して、芳子を詠んだ歌は芳子宛の手紙の追伸欄と、その他に小田島理平治《おだしまりへいじ》宛（一九〇八年七月日付不明）の追伸欄に「近作二つ三つ御笑覧まで」と記され五首が記され、また、「明治四十一年歌稿ノート　暇ナ時」に記されているだけであり、公に発表されることも歌集に収められることもありませんでした。また、智恵子とは三ヵ月間とはいえ、一緒に小学校の教師をした同僚でもあり旧知の女性でしたが、芳子はまだ見ることのないあくまでも文通上の女性でした。智恵子宛は二通残っていますが、いずれも用件のみの硬い内容のものです。また相聞の二二首も以下のようなものです。

橘智恵子

世の中の明るさのみを吸ふごとき／黒き瞳《ひとみ》の／今も目にあり
山の子の／山を思ふがごとくにも／かなしき時は君を思へり
時として／君を思へば／安かりし心にはかに騒《さわ》ぐかなしさ
わかれ来て年《とし》を重ねて／年ごとに恋しくなれる／君にしあるかな

恋しく思う気持ちを素直に、そして芸術的な香りの高い歌に仕上げています。芳子を詠んだ歌に使われていた「死」、「怨《うら》む」、「嵐」などのような激しい言葉はありません。もっとも智恵子は一九一〇年五月に牧場主と結婚して人妻になっていました。つまり、これらの歌のすべてはその結婚を知った後に詠まれたものなのです。それに対して芳子はこの時はまだ二〇歳の独身の女性でした。なおかつ、この時の啄木は半独身の生活をしていたのでした。

また、智恵子は既に会わなくなって三年以上も経って思い出の中で詠まれていたのに対して、芳子は今、まさに同時進行の中で詠まれていたという相違も大きいと思われます。このような相違が、自《おの》ずから異なった歌になったのだと思われます。

もちろん手紙の追伸欄の短歌の効用ということが本節のテーマです。芳子から啄木宛の手紙が残っていませんので推測するしかないのですが、芳子はこのような手紙をもらって驚きはあったと思われますが、それほど悪い気はしなかったのではないかとも思われます。なぜならこのような手紙が大切に保管されていたのですから。

ひたすら「よろしく」と懇願する

啄木の追伸の中で目立って多いのは、「よろしく」と記すことです。ざっと数えてみても二八通、つまり追伸全体の三五%にもなります。つまり、三通に一通以上に記していることになります。まあ、この「よろしく」は、ある意味で日本語独特の儀礼的なもので、取り立てて深くお願いをしているというものではないとも思われます。

森本哲郎『日本語　表と裏』（新潮文庫）にも「よろしく」の章があり、この言葉は「いい加減」などの言葉と共に日本語独特な曖昧な表現で、「お志だけで結構です」ということなのですが、外国人への使用は難しく同質環境の人にしか使うことのできない表現であるとしています。

啄木にとっても「よろしく」は、このような曖昧で儀礼的なもので、分かり切った相手にしか使ってはいません。とりわけ初期においては「田子さまへもよろしく」（金田一京助宛・一九〇四年三月一二日）、「川越兄久保田兄へよろしく」（小沢恒一宛・一九〇四年五月三一日）、「御母さんは御壮康ですか。よろしく」（伊東圭一郎宛・一九〇四年六月二日）、「御令弟へよろしく乞御鳳声《ほうせい》、」（小笠原謙吉宛・一九〇六年八月一六日）などがそうです。

ところがある時期を境にして、それは単なる儀礼的なものではなく、必死のお願いに変化してゆきます。その転回点になっているのは、一九〇八年四月一四日の郁雨宛です。この時の啄木ですが、この年の一月一三日に釧路新聞社への就職が決定し、一九日に妻子と母親を小樽に残したまま単身赴任で釧路に行きます。しばらくそこで働きますが、しかし、どうしても東京で文学的な運命を懸けてみたいという思いを断ちがたく、四月五日に釧路を去って海路にて上京するのでした。

そのために、この時はまだ友人でしかなかった函館の郁雨に妻子と母親を預け、生活の面倒を頼むことになったのです。そのためにこれ以後、妻子と母親が上京するまでひたすら「よろしく」を連発することになるのでした。

この四月一四日付の郁雨宛の中で、今必要な経費を一つ一つ挙げながら一六円かかること、さらに今懐には一二円ほどしかないので、五円ほど貸してほしいと懇願し筆を止めた後の追伸で、「母の所置の一件よろしく御愍察被下度候。一日も早く小樽に別れさしてくれ給へ。」云々と「よろしく」を使いながら書いています。これ以後、郁雨宛の追伸を中心に「よろしく」と懇願する言葉が頻出するのです。

「御尊父様初め皆々様へ宜しく御鳳声被下度候、」（一九〇八年四月三〇日）
「御尊父初め皆様へよろしく願上候」（同年五月二日）
「奥様初め皆様へよろしく。（中略）家の事、何分にも頼む。郁兄に何卒よろしく御礼云つてくれ玉へ。」（吉野章三宛・同年五月七日）
「小生の家へよろしく頼む。」（同年六月八日）
「家の事でいくら君に心配かけてゐるかと思ふと、たまらなくなる——」（同年六月一七日）
「三月末までに何とかして金を送つて家族をよびたいと思つてる。家の方頼む。」（一九〇九年三月二日）

啄木の上京後一年二ヵ月ほどにわたって、家族の面倒をみてもらっていましたので、その間ひたすら「よろしく」と家族の世話を懇願していたのでした。一九〇九年六月一六日に郁雨に連れられて家族が上京すると、以後は「よろしく」も少し変化します。「お子さんと奥さんはどうだね　御両親にもよろしく、それから省三さんにも」（一九一〇年一一月一日）、「家中一同よりよろしくと申し出候。」（一九一一年八月八日）などというように、儀礼的と思えるものに戻っています。

長い長い追伸欄

追伸は、原則的に非礼なものであり当然のことながら必要最低限の分量であるべきものです。ところが啄木は、そのような非礼などお構いなしにかなり長く書いています。むしろ書いているうちに興がのってどんどん書き足しているという感じです。最も長い追伸は、やはり郁雨宛で（一九〇七年八月一一日）三六〇字ほどあります。

啄木はこの年の五月に函館に渡り、苜蓿社《ぼくしゆくしや》の若い人たちと知り合いになります。その中でも特に親しくなり経済的な援助をしてくれた郁雨は、後に妻節子の妹と結婚し義弟となります。この手紙は知り合ってまだ三ヵ月後の郁雨や、吉野、岩崎、大島という同人たちに宛てられたものです。手紙そのものの内容ですが、大森浜に行き初めて海に入ったことや、今やっている小学校の代用教員のこと、一二円では家族を養うことの難しさや「世の中」で生きることの大変さを記し、「無暗《むやみ》に悲しくなり候」と記します。そして長い追伸です。

二白、雑誌、小野から原稿かへして来た、四頁組んでみたが、怎《どう》しても字が足らなくてダメだから今度だけ函毎へやつてくれとの事、しかたなしにまた函毎へやり候が、多分二十日頃に出来るかと思ふ、此処《ここ》で活版所をひらくと儲かるよ君、現に教育会雑誌、会議所の月報などは充分ひきうけてやる見込がある、そしたら紅苜蓿《べにまごやし》も思ふ存分やれる、北海少年も出せる、然し資本がマア三千円かゝる、矢張空想だ、呵々　今日どうも僕は世の中から辞職したいやうな気がしていかんサヨナラ　早く帰つてくれ玉へ君。君が居ないとさびしいよ、グズ〳〵してゐるうちに年とつて死ぬ、死んではツマラヌ、唯死んではツマラヌ、然し手も足も出せぬ、生活の条件が安固でないと書きたいものも書けぬ、ダカラ世の中から辞職したくなる、

出会ってまだ三ヵ月しか経っていない同人たちに、経済的な面を中心にうまく自立できていないことを実にストレートに訴えています。逆に考えれば苜蓿社の同人たちは既にこのような甘えを許してくれるほどに親密な関係になっていたとも考えられます。啄木にとって、本文とは異なった追伸欄こそ、そのような甘えである本音を思いっきり書けるものだったのでしょう。

追伸欄に毒の利いた皮肉を

同じように長い追伸が見られるのは、蒲原隼雄《かんばらはやお》宛（一九〇五年七月一三日）で二六〇字ほどあります。蒲原は詩人の蒲原有明《ありあけ》で、もう既に詩集『草わかば』などにより詩壇の第一線にいました。啄木が蒲原に出して残っている手紙はこれ一通のみです。啄木はこの年の一月五日に東京に行き新詩社新年会に出席し、その時に蒲原に会っています。しかし、その印象はすこぶる悪かったようです。「蒲原有明といふ男、余程喰へぬ様な奴に候へど、又案外お手のものに候。話して見ては林外［詩人の前田林外・注］などより厭気のない奴、小生には少々好からぬたくらみも有之候。呵々。」（金田一京助宛・一九〇五年一月七日）と記していますが、この「少々好からぬたくらみ」が、蒲原宛の追伸によって実践されています。

この月の明星にあり候ふ御作「どくだみ」おもしろく拝見いたし候ひしが、実物を見たくてたまらず、一日友なる植物学者を訪ねてき丶申候処、早速溝の辺よりひき抜いて来て見せ候、小生はあの葉の悪臭に胸をさ丶れてウンザリ致候。友の申す様、この四片の白いのは花弁ではない、苞《ほう》と云ふものだ、一子房、二柱頭の雌蕊《めしべ》と三本の雄蕊と一の蜜槽とより成れる無花冠の小さい花が無数にこの苞の中央の棒の様なのについて居る。詩人がこれを知らないで歌つてるのをウツカリ人に信ぜられては甚だ困る、と。蓋《けだ》し近来の尤《もつと》も無邪気なる好笑話？　呵々。

本文には礼儀正しく有明の第三詩集『春鳥集』にひっかけながら、「春鳥」のことを記し褒め称《たた》えています。ところが追伸の中では有明の「どくだみ」の作品を踏まえつつ、どくだみの四辺の白いのは花弁ではなく、苞というものであるとして「詩人がこれを知らないで歌つてるのをウツカリ人に信ぜられては甚だ困る」と植物学者に言われたと、平気で皮肉を書いています。啄木の「少々好からぬたくらみ」としての毒の利いた皮肉を、まさに追伸欄を巧みに使うことで行っていたのでした。

植物事典で調べてみますと、確かに啄木の指摘のように四枚の白色の花弁のようにみえるものは苞であり、真ん中の棒状の淡い黄色のものが花であるということです。有明の詩には、「花は小さく芬利陀華《ふんだりけ》」、「花には蘂《ずい》ぞかがやける」云々とあります。「芬利陀華」は百蓮華《びやくれんげ》のことであり、白をイメージしています。また蘂とあるのが本当の花なのですから、やはり有明が勘違いしていたと考えてよさそうです。

3　文体革命の時代と署名

かくてまた我が生涯の一巻の劇詩の中の一齣《ひとこま》を書く

五一一通の年度別変化

啄木の手紙は、一八九六年の満一〇歳の年賀状から一九一二年の満二六歳の妹の光子宛まで、現在五一一通が全集に収録されています。その五一一通は、どの年に書いているのかを次の表2にしてみます。

（表2）

年	書簡数
1896（明29）	1
1897（明30）	0
1898（明31）	0
1899（明32）	0
1900（明33）	2
1901（明34）	6
1902（明35）	22
1903（明36）	16
1904（明37）	71
1905（明38）	42
1906（明39）	36
1907（明40）	43
1908（明41）	109
1909（明42）	31
1910（明43）	38
1911（明44）	69
1912（明45）	25

この表を見ていますと、一九〇八年が突出して多いことが分かります。この年は五月に家族を北海道に残したまま、文学に懸けるために単身で上京したのですが、しかし、書いた小説が簡単にはお金にならないことで懊悩した年でした。そのために、とりわけ函館で知り合った苜蓿社《ぼくしゆくしや》の同人の宮崎郁雨などに宛てた手紙が多くなっています。

次に多いのは一九〇四年ですが、詩集刊行のために北海道や東京に行ったりした年でした。三番目に多い一九一一年ですが、この年は大逆事件の判決があり、そのことに憤ったり、また自ら病気になり入院し手術をしたり、土岐哀果と『樹木と果実』の新しい雑誌を計画した年でした。総じて、多難な年に手紙が多く書かれていることが分かります。

啄木は生涯に一〇六人（出版社宛も含む）に手紙を書いていますが、当然書いた筈にも拘《かか》わらず、残念なことに残されていないものも数多くあります。例えば、与謝野鉄幹・晶子宛や、夏目漱石宛、そして妻節子宛です。鉄幹については、一九〇六年三月一一日の日記に「与謝野氏へ詳しき消息を認《したた》む」として、自ら出した手紙を写しとっています。

このように日記に手紙文が写し取られているのは、村松善「啄木日記に挿入された書簡文」（国際啄木学会編『論集　石川啄木Ⅱ』おうふう）によれば、四五例確認できるということです。啄木の節子宛の手紙については、本書の「あとがき」にも記しますが、日記に写し取られた一通以外は残念ながら残っていません。『悲しき玩具』には、「八年前《ぜん》の／今のわが妻《つま》の手紙の束《たば》！／何処《どこ》に蔵《しま》ひしかと気にかかるかな。」と詠んでいますが、もしこれが残されていたら、日本一の恋文としての価値があったかもしれません。

残っているものだけを見ますと、一番多いのは宮崎郁雨宛で七二通、二番目は金田一京助宛で四四通、三番目は前田儀作宛で二五通、四番目は岩崎正宛で二〇通、五番目は小笠原謙吉宛で一八通、以下は野村胡堂宛一七通、土岐哀果宛一六通、小林茂雄宛一五通、菅原芳子宛一二通となっています。

対人関係の変化を手紙にみる

さらに次のように年別のベストスリーを表にしてみますと、啄木の人間関係の変化がよく分かります。

一九〇二年（一六歳）—小林茂雄宛（六通）、細越毅夫宛（五通）、金田一京助宛（三通）
一九〇三年（一七歳）—野村胡堂宛（六通）、小林茂雄宛（四通）、細越毅夫宛（二通）
一九〇四年（一八歳）—前田儀作宛（一七通）、金田一京助宛（一〇通）、小沢恒一宛（八通）
一九〇五年（一九歳）—金田一京助宛（七通）、小笠原謙吉宛（五通）、小沢恒一宛（四通）
一九〇六年（二〇歳）—小笠原謙吉宛（九通）、前田儀作宛（五通）、大信田金次郎宛（五通）
一九〇七年（二一歳）—宮崎郁雨宛（一三通）、沢田信太郎宛（六通）、大島経男宛（四通）

一九〇八年（二二歳）―宮崎郁雨宛（三〇通）、菅原芳子宛（一一通）、岩崎正宛（四通）
一九〇九年（二三歳）―宮崎郁雨宛（七通）、金田一京助宛（四通）、新渡戸仙岳宛（三通）
一九一〇年（二四歳）―宮崎郁雨宛（一二通）、西村辰五郎宛（三通）、金田一京助宛（三通）
一九一一年（二五歳）―土岐哀果宛（一三通）、宮崎郁雨宛（九通）、岩崎正宛（四通）
一九一二年（二六歳）―土岐哀果宛（三通）、石川光子宛（三通）、杉村広太郎宛（三通）

このように記してみますと、啄木の交友関係の推移を見ることができます。一〇代後半の啄木の手紙のほとんどは盛岡中学校の友人達に限られており、啄木の交友関係のかなりの部分を占めていたことが分かります。

それが一九〇六年に急に変化します。もちろんこの年は、啄木が北海道の函館に渡った年です。明らかにここから人間関係も変化しています。この年からずっと郁雨宛がトップになります。また函館の苜蓿社の同人に対しても多くなります。そして短い晩年になりますと、土岐宛が多くなります。郁雨については、一九一一年九月に起きた、節子宛の手紙をめぐる義絶事件以後は一通も書かれていません。また、全期間を通してずっと書かれていたのは、中学時代の先輩の金田一宛であることも分かります。

候文の手紙と口語文の手紙

もちろん現代では全く書くことがなくなりましたが、近代まで書かれていた候文《そうろうぶん》は一体いつ頃まで書かれていたのでしょうか。そのことを、桶谷秀昭が「二葉亭の手紙―文学ぎらいの文学者」（學燈社『國文學　解釈と教材の研究』一九七九年一一月号）で、うまくまとめていますのでそれを引用してみます。

「明治二十年代に候文の書簡体は普通のことで、何も異とするにあたらない。しかし明治三十年代になると、この定型は次第に崩れはじめ、三十年代も後半に入ると、口語体書簡文はそれほど珍しいものではなくなってくるらしい。たとえば漱石の場合、明治三十年代後半にはいってからの口語体書簡の増加はいちじるしいのである。子規は明治三十五年までしか生きなかったから、候文は圧倒的に多いが、それでも、明治三十三年二月十二日の漱石あての手紙のように、激情に動かされ、なりふりかまわず苦衷を打ち明けるときにはおのずから口語体になっている」

つまり、明治二〇年代はまだ候文の手紙が普通でしたが、それが口語体の手紙が段々増えて行き、明治三〇年代後半になってからは口語体の手紙はもう珍しいものではないくらい、一般的に使われていたという手紙の文体の歴史が分かります。

それともう一つは、明治三〇年代になっても候文は形式張った手紙に用いられつつも、なりふり構わず書く時は口語文であったということです。このことについて樋谷は、二葉亭四迷について次のように記しています。

『浮雲』（一八八七年〜八九年）で言文一致の口語文で小説を書くという文体革命を行った二葉亭ですが、実は手紙では生涯紋切り型の候文で書いていたというのです。その理由を、「彼には生涯胸襟《きょうきん》をひらいて語る相手がほとんどいなかったのではないか、逍遥《しょうよう》や魯庵《ろあん》にたいしてすら胸襟を開いたとは言えないのではないか」と記しています。

このことから、明治時代の候文と口語文が入り交じっていた時代においては、一般的に候文で書くか口語文で書くかは相手によって異なっていたことが分かります。つまり、一般的に候文は形式張った儀礼的な手紙であり、胸襟を開くことがあまりないものであるのに対して、逆に口語文は儀礼的なものではなくくだけたものであり、胸襟を開くことのできた手紙であるということです。

晩年の苦悩は口語文で記すしかない

もちろんこのことにより、対人関係のあり方が見えてきます。啄木の手紙にも当てはめてみる前に、啄木の生涯を通してみるとこの文体はどのように変化しているのか、次に表3にしてみましょう。

（表３）

年	全体の数	候文の数	候文の%
1896（明29）	1	0	0
1897（明30）	0	0	0
1898（明31）	0	0	0
1899（明32）	0	0	0
1900（明33）	2	1	50
1901（明34）	6	3	50
1902（明35）	22	10	45
1903（明36）	16	6	38
1904（明37）	71	38	54
1905（明38）	42	35	83
1906（明39）	36	27	75
1907（明40）	43	26	60
1908（明41）	109	58	53
1909（明42）	31	14	45
1910（明43）	38	17	45
1911（明44）	69	7	10
1912（明45）	25	5	20

この表を見ていますと、一九一〇年頃までは手紙の半分以上は候文で書いていたことが分かります。意外と思うほど啄木は候文で手紙を書いていたのです。ところが一九一一年と一九一二年は、手紙そのものの数は多いにも拘わらず、圧倒的に口語文が増えているのです。

もちろん候文の手紙や葉書もあります。例えば一九一一年で言えば、荻原井泉水《おぎわらせいせんすい》（藤吉《とうきち》）宛の俳句の雑誌のことでの返書や、金田一宛の入院を知らせるもの、渋民村の助役の畠山亨宛の病気になったことなどの近況を知らせる返書などです。一九一二年では、子どもを亡くした金田一へのお悔やみの葉書や、工藤大助宛の簡単な病気の報告などです。

これに対して口語文の圧倒的に多くは、晩年の親友で読売新聞社記者の土岐哀果宛と妹の光子宛のものです。この二年間で二人には二二通ですが、これは二年間の手紙九五通の二三％になります。啄木は一九一一年一月一三日に、読売新聞社で土岐と初めて会い、二人で雑誌『樹木と果実』の計画について話します。土岐宛のものは口語文ですが、どれもこれも大変短い葉書の類のものばかりです。妹の光子宛のものも比較的短いものです。

比較的長文で口語文で書いていたのは、郁雨宛と小樽時代に知り合った文学少年の高田治作宛です。郁雨にも高田にも病気の様子や近況を、語りかけるような親しみを込めて詳しく知らせています。もう一人は、盛岡中学校の先輩で朝日新聞社に紹介してくれた編集長の佐藤真一宛です。一九一一年三月一二日から五通ありますが、すべて口語文で病気の様子などの苦況を伝えています。佐藤に対する信頼が伝わってくる手紙です。

このようなことを踏まえつつ、なぜ一九一一年から急に口語文の手紙を多く書くようになったのかということを考えてみたいと思います。それを簡単に言えば、その年に啄木の大きな心境の変化があったということです。その要因として一九一〇年五月末から起きていた大事件、それは後に強権によってでっち上げられた幸徳秋水を首謀とする大逆事件のことがまずありました。これは翌年の一九一一年一月一八日に判決が下り、啄木は大きな衝撃を受けています。

またこの年の二月に啄木は、慢性腹膜炎で四〇日ほど入院生活を余儀なくされています。啄木ばかりか、七月には妻の節子も肺尖加答児《はいせんカタル》の診断を受け、伝染の危険ありとされています。さらに九月には、節子だけの写真を送ってほしいという内容の郁雨から節子宛の手紙をめぐって、経済的な援助を受けていた宮崎家と義絶することになってしまいます。一九一二年の一月には、母カツが結核であることが判明し、三月七日に死去しています。

このように、啄木や啄木一家をめぐっての不幸が次々に怒濤《どとう》のように押し寄せてきていました。その苦衷を啄木は親しい人達に書かずにはいられなかったのです。まさにブログのように発信せざるをえなかったのです。そのような時に、形式張った候文では心の内を思いっきり書くことができなかったのでしょう。口語文で胸襟を開いて思いの丈を書いていたのです。そして書くことにより、訴えることにより啄木は解放され癒されていたのだと考えられます。それがこの一九一一年から急に口語文の手紙が増えた理由であると思われます。

生涯候文で書いた姉崎嘲風宛

さて、候文の手紙は儀礼的で堅苦しいものであり、それに対して口語文の手紙はどちらかといえば、胸襟を開いて心の内を思いっきり書いたものであるということが分かりましたが、このことを、啄木の手紙に当てはめて考えてみたいと思います。啄木の手紙の中で、候文だけで書かれた相手が何人かいます。まず東京帝国大学教授であった姉崎嘲風宛がそうです。まだ一八歳の啄木は、初めての手紙（一九〇四年一月一三日）を次のように書き出しています。

拝啓　年新らしくなりて京の寒さ如何《いか》に候べきか。未だ御秀容に接したる事なき野人の小生が、うちつけに文など差上げ申さんこと、礼を欠く万々なるは元より知らざる所に非ず候へど、日夕の憬仰禁《とど》め兼《かね》てこの筆を取り上げ申候。唐突の罪御宥恕被下候ハヾ、幸之れに過ぎ申不候。

これはもう最大級の低姿勢で、仰ぎ見つつ書いていることが分かります。この後に雑誌『太陽』で高山樗牛《たかやまちよぎゆう》との往復書簡を読んだことを記していますが、まだ無名であった啄木にとって、嘲風は雲の上の存在だったのです。「先生」と書き「師」と呼ぶことを許してくださいとも記しています。また追伸には「唐突の罪いくへにも御許し被下度候。」と、記しています。結局、嘲風には四通の手紙が残っていますが、すべて候文の仰ぎ見ているような手紙になっています。

それからすべてではないのですが、森鷗外宛の五通のうちの四通は候文です。例外的に口語文で書いた手紙は、文学的な成功を目指して一九〇八年五月に北海道から上京して小説を書いていましたが、その売り込みのために書いた手紙（一九〇八年六月四日）です。しかし、もちろんこの手紙も「先生」と書いて敬意を示しています。

そしてもう一人、筑紫の女性歌人菅原芳子に宛てた一二通のすべてが候文体になっています。この芳子については、第二章の「長い長い追伸欄」のところでも言及しましたが、実際に会うこともなく、手紙により一方的に啄木の方が熱くなってしまい相聞のような内容のものでした。しかし、実は文体はすべて候文でしたので、意外に冷静だったのかもしれません。同じように筑紫の女性歌人を装った平山良太郎（平山良子の名前で送ってきました）宛も、ほぼすべてが候文になっています。やはり、見もしらぬ人には候文で通していたことが分かります。

生涯候文の金田一宛と口語文で通した妹光子宛

ところで、啄木にとって非常に大きな存在である、金田一京助宛はどうなのでしょうか。金田一宛の四四通の中から、六通の年賀状を除いた三八通を次の表4にしてみます。

（表4）

年	口語文	候　文
1901（明34）		2
1902（明35）	0	2
1903（明36）		1
1904（明37）	5	5
1905（明38）	1	6
1906（明39）		3
1907（明40）		0
1908（明41）		3
1909（明42）	2	2
1910（明43）	0	2
1911（明44）	2	1
1912（明45）	0	1

一九〇一年、満一五歳で盛岡中学校三年から四年に進級した年に、初めての手紙を金田一に出していますが、その時は候文でした。金田一は年齢的には四歳上で、学年は二年上でした。その

後、確かに金田一に口語文で書いたこともありましたが、一九一二年の年まで候文で書くことを忘れることはありませんでした。このことは、最後まで盛岡中学校の先輩であり、経済的な恩を受けているという敬意の意識がそこにはあったからと思われます。

嘲風や鷗外らの尊敬して止まない偉い先生方や、生涯世話になった金田一や、そして見知らぬ女性歌人の芳子に対しては、ずっと儀礼的な候文で書いていましたが、これらとは逆に、全く気をつかうこともなく生涯にわたって口語文で書いた人がいました。それは妹の光子です。土岐宛もそれに近いと言えます。しかし、光子宛は単に口語文体だけでなく、居丈高で、全く気兼ねをすることなく思いの丈を書いているのです。それは一九〇八年七月一八日から、死の直前で既に自分では書けなくなって代筆してもらった、一九一二年三月二一日までの一〇通すべてがそうなっています。何通かを挙げてみましょう。

金田一京助（左）と啄木（明治41年10月4日）―『明星』終刊号に掲載のため撮影され、これが啄木最後の写真となった

兄さんはあんまりえらい為に、金持

にもなれぬし、親孝行も充分出来ない。死んだ姉さんはしかたがないし、岩見沢の姉は馬鹿者だ。お前だけでも専心親孝行してくれ。少しでもおつ母さんに、心配さしたり口答へするなら死んで了《シマ》へ。この兄が頼むから、毎日〳〵少しづつでも余計におつ母さんを慰めてくれ。そでなかつたら死ね。（一九〇八年七月一八日）

この手紙が最初です。そして以下も同じような口調です。「『弱きものよ、汝《なんじ》の名は女なりき』といふ言葉ありよく此言葉を味ひてこの一年のいましめとせよ」（一九〇九年一月三日）、「兄さんは御病気で昨日から御入院だ」（一九一一年二月五日）、「以後用のある時の外は手紙よこさなくてよし。」（同年一〇月二九日）、「おれもどうもよくない。（中略）母の薬だけはどうかかうか続けてゐるから安心せよ。」（一九一二年二月一六日）などです。そして最後の手紙もそうでした。

「自分ではかけないからお友達に代筆して貰ふ（中略）頭を氷で冷やしながら、これまでしやべつたが、もう何もない様だ、くれぐれも言ひつけるが俺へ手紙をよこす時用のないべら〳〵した文句をかくな、お前の手紙を見るたびに俺は癇癪《かんしやく》がおこる（一九一二年三月二一日）」

このように、妹の光子には口語調の居丈高な調子で手紙を書いていたことが分かります。長男真一の死を知らせる一九一〇年一〇月二八日のもので、興味深いことがあります。それは同じ内容でありながら、妹の光子宛と候文で書いた金田一宛とでは驚くべきほどに相違があるということです。

長男真一が死んだ、昨夜は夜勤で十二時過に帰つて来ると、二分間許り前に脈がきれたといふ所だつた、身体はまだ温かかつた、医者をよんで注射をさしたがとう〳〵駄目だつた、真一の眼はこの世の光を二十四日間見た丈で永久に閉ぢた。葬儀は明二十九日午後一時浅草区永住町了源寺で執行する。（石川光子宛）

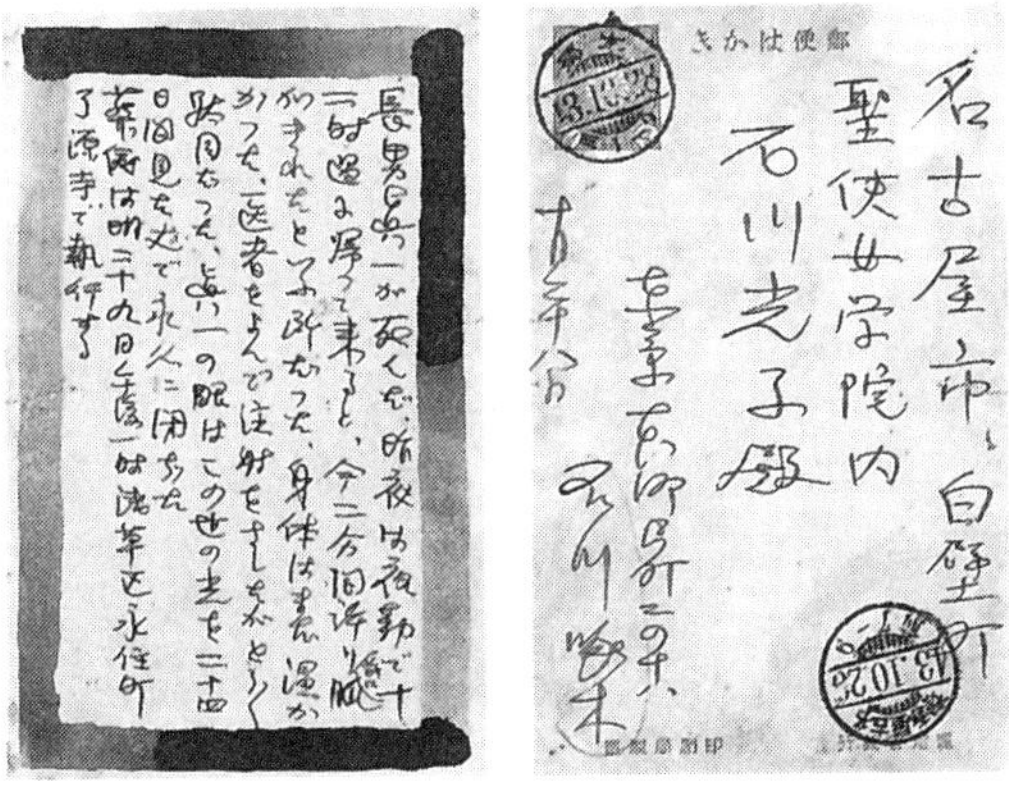

石川光子〈明治 43 年 10 月 28 日付〉光子は啄木の 3 歳下の妹。盛岡女学校中退後 19 歳のとき小樽で洗礼を受け、のち婦人伝道師となる。大正 12 年牧師三浦清一と結婚、昭和 43 年、80 歳で没。葉書は長男真一の死を知らせる

拝啓長男真一事昨夜零時半死亡仕候、葬儀の儀は明二十九日午後一時出棺浅草永住町了源寺に於て仏式相営み候（金田一京助宛）

二通は全く異なった印象を与えます。啄木はこのように相手によって文体を完全に使い分けていたのでした。

途中から文体が変化した郁雨宛

文体の使い分けは、個人宛でも行われていま

した。その象徴的な例が郁雨宛です。啄木が函館に渡ったのは一九〇七年五月ですが、郁雨宛の最初の手紙は七月八日に出されています。興味深いのは、これが借金依頼の手紙だということです。郁雨にはその後もずっと借金をしていきますが、何と最初の手紙から借金のことが記されているというのは、何かその後を暗示させる皮肉なことのように思えます。

全文は次の四章で記しますので、ここでは冒頭だけを引用します。「昨日の御礼申上候、お陰にて人間の住む家らしくなり候ふ此処」云々です。まだ、出会って二ヵ月ほどしか経っていない同年齢の人間に対して、くだけた調子ながらも候文で礼儀正しく書いている手紙です。しかし、この候文はその後大きく変化していきます。それを表5にしてみました。

（表5）

年	口語文	候　文
1907（明40）	6	7
1908（明41）	15	6
1909（明42）	7	
1910（明43）	10	1
1911（明44）	8	
1912（明45）		

（その他、年賀状など12通ある）

一九一〇年に一通のみ候文で書いていますが、これは長男真一の死を知らせる手紙（一〇月二八日）ですので、例外と言えるかもしれません。つまり、これを例外と考えますと、出会った年の一九〇七年は候文と口語文の割合は半々でしたが、翌年にはもう口語文の割合の方が倍以上も多くなり、出会って三年目以後はすべて口語文になっています。また一九〇八年の五月の候文から口語文への急な変化ですが、この理由は明確です。それは上京ということです。

　実はこのような文体の急な変化は、郁雨宛だけではありませんで、函館の苜蓿社の同人に対しては、同じように文体が変化しています。郁雨と同様に顕著なのは大島経男《つねお》宛で、啄木が北海道にいる間に出した七通（一通は上京途中の横浜から）は、すべて候文であるのに対して、上京してから出した五通はすべて口語文に変化しています。同人たちと同じ北海道の地にいた時にあったよそよそしさが、上京後はふっとんでしまったかのようにすら思えます。

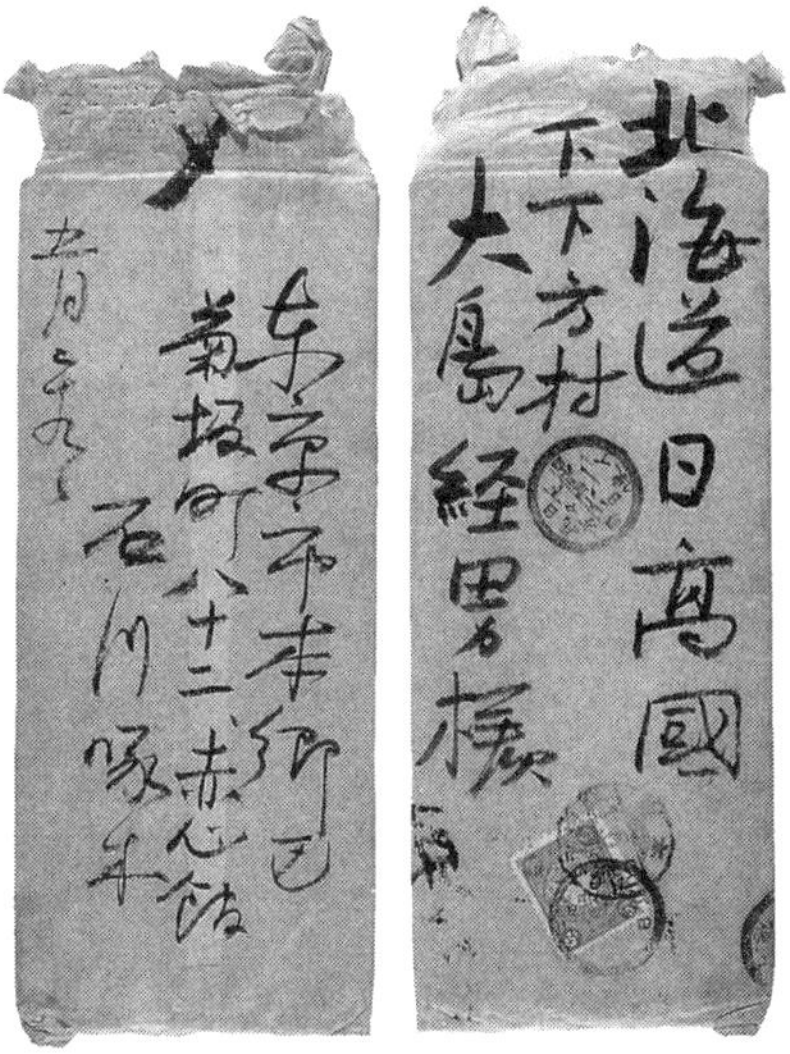

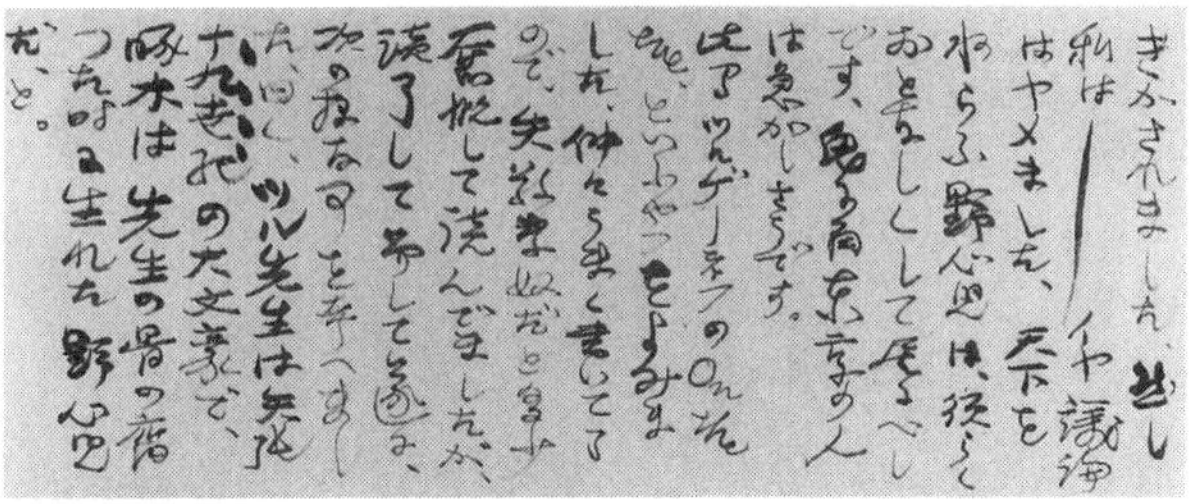

函館時代の友人大島経男への手紙

五五種類の署名

手紙の後付には、一般的に日付、署名、宛名が記されます。啄木の手紙もそのような形で後付が付けられているのです。ところがこの署名については他の文学者とは、少し異なっているように思われます。それはあまりに数多くの署名を付けていたということです。このことを分かりやすくするために、五一一通の手紙の署名（生とか拝とかの末尾に書く語も含めます）を、表6にしてみます（八〇〜八一頁）。手紙の数と実際の署名の数が合わないのは、（後欠）とか、全く署名が記されていない手紙もあるためです。

石川啄木の本名はもちろん「一《はじめ》」ですが、彼は「翠江《すいこう》」、「麦羊子《ばくようし》」、「白蘋《はくひん》」そして「啄木」とペンネームを変更しました。しかし、表を見て分かるように手紙の署名には、実に五五種類ものユニークなものが使われていたのでした。

これは他の文学者と比べると、かなり異なっているように思われます。例えば、夏目漱石（金之助）は「夏目漱石」「金之助」「金」という署名でそのほとんどを通しています。また樋口一葉（本名は夏子、戸籍名は奈津）は、「なつ（奈津）」「夏」「夏子」「樋夏子」「ひな子」を使っています。漱石よりは少し凝っているかもしれません。また不思議なことにペンネームの樋口一葉、一葉を使ったものはありませんでした。漱石も一葉も手紙の署名は、啄木ほどに凝ることはなく平凡に付けていたのでした。

ふざけた署名の理由

実際に使われた五五種類の署名の、複数回使われたものを多い順に記しておきましょう。

①石川啄木（拝・生）（一七〇通）、②啄木（拝・生）（一五三通）、③石川一（拝）（六二通）、④石川（生）（三三通）、⑤白蘋（生）（一二通）、⑥一（拝）（六通）、⑦はじめ（拝）（四通）、⑧啄（三通）、⑨石川麦羊子（二通）、翠江（拝・生）（二通）、啄木老（二通）、由井正雪《ゆいしょうせつ》（拝）（二通）、Shibutami. H. I（二通）

これ以外に一回だけしか使われなかったものは、実に三七種類もあります。その中でも突飛なものを少し挙げてみましょう。「空腹坊」「仁王石川坊」「白玉楼認」「白蘋閣機山拝」「東京小石川詩堂の蘋子拝」「京ノ白蘋拝」「Shibutami. A Dreamer」「Hajime Tokyo」「病啄木」、「逸民啄木」「哀れなるレリアン」「沼田三之助」「山鳥啄木」「よろこべる人」「キツツキ」「弓町より」「腹の脹《ふく》れた啄木」「兄」という感じです。

二回使われたものに、「由井正雪」があります。由井正雪は江戸時代の軍学者で、あえて仕官をせず自ら塾を開いて教えていました。三代将軍家光の時代ですが、大名取り潰しにより浪人が増加し、多数の浪人が幕府への批判を強めていました。家光が亡くなったのを好機と感じた正雪

（表6）

年	数	署名
一八九六年（明29）	一	・石川一拝
一九〇〇年（明33）	二	・石川一・石川一拝
一九〇一年（明34）	六	・一拝・空腹坊・翠江拝・翠江生拝・石川麦羊子
一九〇二年（明35）	二二	・石川麦羊子・石川一拝（2）・はじめ拝・白蘋（2）・仁王石川坊・白蘋石川生・一拝（2）・白蘋生（4）・白玉楼認・石川白蘋拝・小石川の白蘋子・白蘋閣機山拝・白蘋拝（2）・東京小石川詩堂の蘋子拝
一九〇三年（明36）	一六	・白蘋（2）・京ノ白蘋拝・白ヒン・白蘋生（3）・病痩白蘋拝・白蘋拝・啄木老・啄木庵素蘋拝・はじめ、いしかわ・Shibutami. H. I（2）・Shibutami. A Dreamer
一九〇四年（明37）	七一	・石川啄木（21）・白蘋生・Hajime Tokyo・啄木（18）・石川啄木拝・H. Ishikawa・石川（10）・石川一・啄木生（7）・はじめ拝・啄木拝・啄木老・石川啄木生（2）・啄木、石川一拝
一九〇五年（明38）	四二	・石川啄木（13）・啄木（9）・啄木拝（6）・啄木生（3）・石川生（3）・石川（2）・石川啄木拝・はじめ・啄木生拝・病啄木

一九〇六年（明39）	三六	・石川啄木（15）・石川啄木拝（3）・石川一（2）・石川拝（2）・石川啄木生（2）・啄木生拝（2）・啄木生・由井正雪・由井正雪拝・石川・逸民啄木・哀れなるレリアン・沼田三之助・山鳥啄木・石川一拝・H. Ishikawa
一九〇七年（明40）	四三	・石川啄木（13）・啄木（12）・啄木拝（7）・啄木生（2）・石川啄木拝（2）・石川（2）・よろこべる人・キツツキ
一九〇八年（明41）	一〇九	・啄木（36）・石川啄木（29）・石川啄木拝（12）・啄木拝（8）・石川拝（4）・石川生（3）・啄木生（2）・啄（2）・石川（2）・一拝・兄より・はじめ生・はじめ拝・石川一拝
一九〇九年（明42）	三一	・石川啄木（14）・啄木（8）・石川啄木拝（2）・啄木拝（2）・石川・はじめ・弓町より・はじめ拝・石川生拝
一九一〇年（明43）	三八	・石川啄木（18）・啄木（10）・啄木拝（3）・石川一拝（3）・啄・石川生拝・石川一
一九一一年（明44）	六九	・石川一（26）・啄木（18）・石川啄木（11）・石川一拝（4）・啄木拝（3）・腹の脹れた啄木・兄・一拝
一九一二年（明45）	二五	・石川一（19）・石川啄木（3）・石川一拝・一拝・一

は、慶安四（一六五一）年に浪人救済を掲げて幕府転覆の計画をたてますが、決起前に密告により露見し自決。これは「慶安の変」あるいは「由井正雪の乱」と呼ばれました。啄木は正雪のように、「御政道を正す」ために立ち上がり犠牲となった者を「英雄」とみて共感を示していたのでした。

「東京小石川」「京ノ白蘋」「弓町より」など住んでいる地域を記したものや、ローマ字で書いたものや、「病啄木」「腹の脹れた啄木」など病と結びつけたものや、「空腹坊」「よろこべる人」など単純なものは、なぜそのような署名にしたのかの理由を推し量ることは容易ですが、「石川麦羊子」「哀れなるレリアン」「沼田三之助」などは、どのような意味であるのかは容易には分かりません。むしろその第三者には分かりにくいところにこそ、相手との秘密めいた暗号のようなものを感じさせます。そこに連帯感を感じていたのかもしれません。

ふざけた署名の種類が多いのは、一九〇一年、一九〇二年、一九〇三年です。つまり、手紙を書き始めたばかりの頃には特別署名にこだわっていたことが分かります。一九〇四年から「啄木」というペンネームを使い始めると、一葉がペンネームを手紙の署名に一切使わなかったのとは異なり、以後はほとんど「啄木」が使われます。また、署名の種類の多い一九〇六年は、代用教員の職を得て生活が安定し精神状態も比較的良かったと思われる年ですし、同じく一九〇九年も朝日新聞社の校正係の職を得て、家族を呼び寄せて一緒に生活し経済的にも比較的安定していた年でした。

これに対して署名の種類の少ない一九〇七年は、ストライキを起こし免職になり、一家離散の形で北海道に渡り、函館、札幌、小樽へと移動した年でした。一九〇八年は、さらに単身赴任で釧路に移り、五月には文学的命運を懸けて単身赴任で上京し小説を書きますが、原稿料にはならず苦悩していた年でした。このような経済的にも精神的にも不安定で苦悩していた時に書いた手紙の署名は、どちらかと言えば真面目なごく普通のものが多いのです。

同じく一九一〇年からの短い晩年も、同じように署名の種類の少ない年です。この三年間も同じように精神的にも肉体的にも家庭的にも時代的にも厳しく辛いものでした。やはり、このような時にはふざけた署名を書いている余裕がなかったことを示しています。このことは、候文が減り口語文が増えていくのとぴたりと一致します。啄木をとりまく個人的な状況や社会的・時代的状況が厳しくなると、親しい人達に自らや社会のことを訴えていく精神の解放への欲求が、口語文と同時に真面目な署名にさせていると思われます。

4　経済苦の発信

はたらけど／はたらけど猶《なお》わが生活《くらし》楽にならざり／ぢつと手を見る

金銭の記録と発信

啄木に、借金メモがあることはよく知られています。これは一九〇四年の暮れから一九〇九年秋までの、約五年間の借金を簡単に記した一枚の「借金メモ」です。総額一三七二円五〇銭です。これは現在のお金だと一体いくらくらいになるのか、拙著『石川啄木入門』（桜出版）の中で検証したことがあります。何を基準にするかによって現在の五四八万円〜一九〇八万円くらいになりますので、正確なところはよく分かりませんが、高額であることに間違いはありません。

この借金メモをきちんと見ますと、父親に一〇〇円や義理の弟となった宮崎郁雨に一五〇円、そして妻の堀合家に一〇〇円など、親族だけで三五〇円となり借金の四分の一を占めています。親族以外としては金田一京助が一〇〇円と一番多くなっています。

ここで私が指摘したいのは、この額はあくまでも五年間のおおよその総額であるということです。啄木は借金の出納帳を作っていたわけではなく、あくまでも日記や手紙に記したものや記憶にあったものを合計するとこれくらいになるであろう、という推測の金額だということです。つまり、矛盾する言い方になるかもしれませんが、啄木は金銭感覚がルーズであると同時に、実は几帳面にそれを記憶する一面もあったということです。

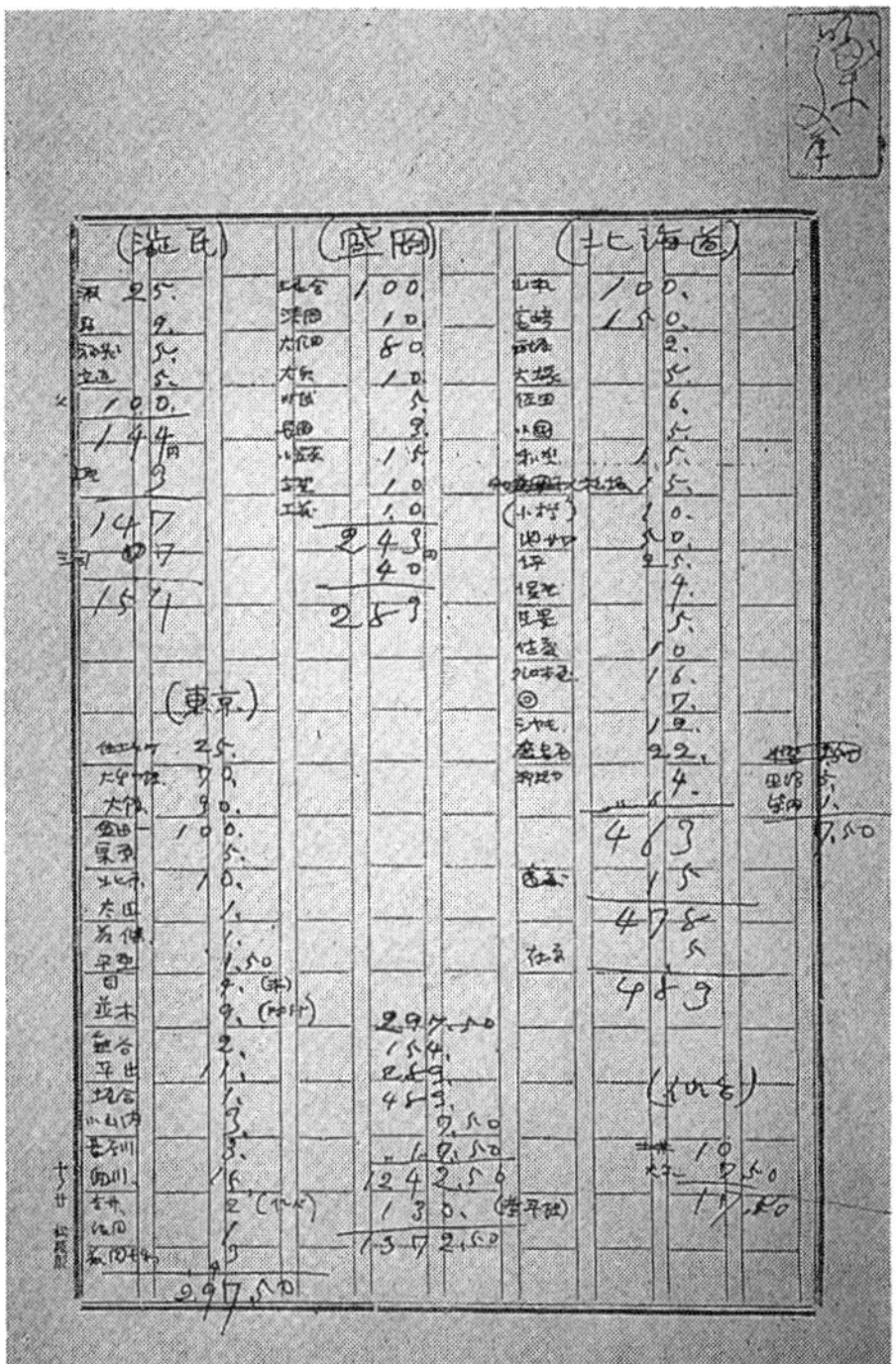

借金メモ

家計簿をつけている人は沢山いると思いますが、啄木はそのような家計簿をつけることはありませんでした。しかし、実は金銭の出納のことをきちんと把握し、それを手紙の中に実に正直に隠し立てすることなく記す人でもありました。自らの収入や支出、経済的な生活苦などを日記に書くということは普通に見られることかと思われます。

しかし、そのようなことを手紙に書くということになるとどうでしょうか。自らの恥を公にするようなことであり、よほど親しい人以外には行わないのが普通であると思われます。ところが、啄木という人はそうではありませんでした。自らの経済苦を実に正直に手紙に書くのです。そして時に、借金や前借の依頼をするのでした。この借金も「ローマ字日記」の時代には、買春に使っていることもありましたが、しかし、それは特別であり、多くの場合は生活のためであったり雑誌を出すためであったりと、きちんとした理由がありました。以下にそのことをみていきたいと思います。

金田一への最初の借金依頼

啄木の手紙の中で最初に金銭のことが記されるのは、一九〇四年の小沢恒一宛（一〇月一一日）です。この年一八歳の啄木は、一年間全く職業に就くこともなく、渋民の宝徳寺で創作三昧《ざんまい》の生活をしていたのでした。そのことを啄木自身は、「蟄居《ちつきよ》二十ケ月」（金田一宛・一九〇四年一〇月二三日）と記しています。

中学校時代の友人である小沢に、「伊東兄黒沢尻に教鞭を執られ候ふ事、思へば奇縁なり。但し飯が九円は誠に遺憾、これも目下の所、詮方《せんかた》なき次第と同兄も諦らめ、小生も諦らめ居候」云々と記しています。

伊東とは、伊東圭一郎のことで、彼とは小中学校の同級生でした。伊東は生活のために中学校卒業後黒沢尻の小学校の代用教員として勤めていたのでしたが、それが月給九円だったようで、その額の少なさを嘆いているのです。働きもしないで居候生活をしながら創作活動をしていた啄木には、安月給であくせくしているのが悲しく思えたのかもしれません。

そして、「借金メモ」のまさに始まった年の暮れに最初の借金の依頼がなされています。それは金田一京助（一九〇四年一二月二五日）に対してでした。このようなことが分かりますと、「借金メモ」は実に正確に生涯の借金の総額を記していたのであると思われてきます。それでは内容を記してみましょう。

本月太陽へ送りたる稿〆切におくれて新年号へは間にあはぬとの事天渓《てんけい》［長谷川天渓＝評論家のこと・注］より通知あり、この稿料（？）来る一月の晦日でなくては取れず、又、あてにしたる時代思潮社より申訳状来り、これも違算、かくの如くして違算又違算、自分丈《だ》けは呑気《のんき》で居ても下宿屋が困り、故家が困つては、矢張呑気で居られず、完たく絶体絶命の場合と相成り申候、

一月には詩集出版と、今書きつゝある小説とにて小百円は取れるつもり故、それにて御返済可致候に付、若し〳〵御都合よろしく候はゞ、誠に申かね候へども金十五円許り御拝借願はれまじくや、世の中には金で友情を破る様な事も沢山有之候事故、これは実に何とも申しかねる次第に候、然し乍ら〳〵この場合はあり丈けの路を講じて見ねバならぬ場合故、面皮を厚うし

て申上る訳に候、御都合わるければ、その御返事丈にて満足可致候、

金田一はこの年の九月に東京帝国大学に入学し、文京区で下宿生活を始めていました。そして一〇月には後に啄木も押しかけることになる、赤心館《せきしんかん》に引っ越したばかりでした。金田一は啄木の借金の依頼の一五円をどうしたのでしょうか。そのことは、翌年の一月七日の金田一宛の手紙に記されています。「旧年末にはトンダ御願ひ、早速御聞き上げ被下候ふ事、御芳情誠に〴〵鳴謝に不堪候。」云々とありますので、金田一はきちんと一五円を送ったのでした。啄木にとっても他人への最初の借金依頼でしたし、当然のことながら金田一に対しても初めてのことでした。そしてこれ以後金田一には、あと八五円ほどの借金をすることになるのです。

ところで、この時の借金依頼は、一体どのような理由からなのでしょうか。実はこの手紙は「牛込」が発信元になっています。つまり、啄木は東京にいたのでした。啄木はこの一〇月三一日に詩集刊行のために上京し、翌年の五月二〇日に東京を出発するまで実に七ヵ月近くも東京にいたのです。五月三日に小田島書房から第一詩集『あこがれ』が刊行されています。

啄木はこの上京の時には「僅かに二円八十銭を懐中に抱いて都門に入りし」（波岡茂輝宛・一九〇五年一〇月一一日）ということで、僅かに二円八〇銭しか持っていなかったのです。これでは生活に困るのは当然でしょう。東京での生活費に困って金田一に借金を申し込んだというのが真相なのです。まだ学生の金田一も困ったことでしょうが、後輩のためにお金を用立てたのでした。

余談なのですが、盛岡中学校の後輩の宮沢賢治は、二五歳の一九二一年一月二三日に家出をして東京に行きます。その時は「上野に着いたらお金が四円ばかりしか無くあてにして来た国柱《こくちゅう》会《かい》には断はられ実に散々の体でした。」（保阪嘉内宛・同年一月三〇日）と記していますから、やはり啄木と同じような感じだったのです。しかし、賢治は文信社でガリ版で謄写の原稿を切るアルバイトを行い、収入を得ています。そして啄木と全く異なっているのは、父親からきちんと仕送りを貰っていることです。家出とは思えない優雅さです。ここが啄木との金銭的な境遇の差なのです。

小生の「恐るべき敵」は金なり

この満一九歳（一九〇五年）の時の半年ほどの上京中に、「牛込」からお金にまつわる啄木金銭哲学とでも言えるようなユニークな手紙を金田一に出しています。四月一一日付です。

兄よ、天下に小生の恐るべき敵は唯一つ有之候。そは実に生活の条件そのものに候。生活の条件は第一に金力に候。小生は金の一語をきく毎に云ひ難き厭悪と恐怖を感じ申候。小生は少くとも悪人には無之候。然もたゞこの金のために、否金のなき為め、貧なる為めに、親に不孝の子となり、友に不義の子と相成るにて候。茫々《ぼうぼう》たる未来の事を思ふ毎に、小生はまづこの恐るべき敵に切歯せざるをえず候。

必ずしも金を恐るゝに非ず。金の人心を司配する勢力の予想外なるを恐るゝに候。かく申したりとて決して兄のみは誤解遊されぬ事と信じ申候。若し今回の故家の一件が小生の頭上に落下する事猶二年の後なりしならば、とは小生の常に運命の女神に対して呪咀《じゅそ》する所の一語に候。兄よ何卒《なにとぞ》御賢察被下度候。小生はこの外に何も云はず、否云ひえず候。神よ願はくば余をして生活の条件のために心を要せしむる勿《なか》れ。それ以上の事は余自ら成就しうるの自信あり。

この時金田一は二三歳で、東京帝国大学の学生です。この手紙を受け取る直前の春休みを利用して、方言研究のために長野県の北信から南信を旅行していました。金田一もまだ自活はしていませんでしたが、金田一にはエリートとしての輝かしい未来を予想することができました。

ところが中学校中退の啄木には、学歴エリートしての道は閉ざされ、この前年の一二月には、父の一禎《いってい》が曹洞宗宗務局より宗費一一三円滞納のため、住職罷免の処分を受けていたのです。つまり、実家からの支援も不可能となっていました。自らの実力だけで勝負しなければならないために、なおさら第一詩集である『あこがれ』の刊行に奔走することになったのです。

金田一から最初の一五円の借金をしてからわずか四ヵ月後のこの手紙には、啄木の『あこがれ』が五月に刊行できそうだという喜びと共に、もし自分にお金があり生活の心配をせずに文学だけにかかわることができたら、もっと素晴らしい作品を書くことができるのだという自惚《うぬぼ》れと苛立《いらだ》ちが記されています。

一九歳の啄木にとって、「恐るべき敵」は「生活の条件」であり、その条件の第一は「金力」であると明確に記しています。そのお金がないために「親不孝の子」となり「友に不義の子」になるのだと弁明していますが、何とも身勝手な論理です。一九歳になるまで、啄木は汗水たらして肉体労働をし、金銭を得るということをしたことがありませんでした。啄木が得たのは、わずかばかりの原稿料とそして知人に借金をすることくらいです。また『あこがれ』が売れて、収入が得られるかもしれないという夢だけでした。

啄木は汗水たらして働くべきだったのです。そのように這いつくばって働いて、それでも生活が苦しいのであれば、それは別の問題です。しかし、この頃の啄木はそうではありませんでした。浪漫主義時代の啄木は甘えていたのです。「恐るべき敵」はお金ではなく、啄木自身の傲慢さであり、生活に根ざすことのない愚かな考えそのものでした。啄木がこれに気づき反省して、反転して地に根ざした生き方をするようになるには、もう少し時間が必要でした。

原稿料を以て不義理を償はむ

しかし、この一九歳の頃の啄木は天才主義者であり、文学以外の生活のことはすべて無価値に均しいと考えていたのでした。ところがその啄木に、小学校の代用教員という仕事が舞い込んできたのです。満二〇歳になった一九〇六年四月より、妻となっていた節子の父の堀合忠操《ほりあいちゆうそう》が岩手郡役所に勤務しており、その知人の郡視学のおかげで母校の岩手郡渋民尋常高等小学校尋常科の代用教員になったのでした。月給は八円です。

熱心に代用教員をしていたのですが、月給が安かったということもあったのでしょう、「職業は、夢想を本職とし程近い〇△小学校の代用教員を副業に勤めて居る。」（「林中書」）と、本職は「夢想」と記しています。同じようなことを「本職の詩人、はた又／兼職の校正係」（並木武雄宛・一九〇七年九月二三日）とも記していますから、「夢想」は「詩人」であることが推察されます。

結局啄木にとって、汗水たらして働くことよりも、文学的な活動による収入が本当の収入であるという発想の方が強かったのです。つまり、原稿料による収入です。一九〇六年八月四日の大信田金次郎宛の手紙にもそのことが記されています。

私は七月三日夕より小説を書き初め候ひし（中略）何故に小説を書き初め候ひしや？（中略）それにより得べき原稿料を以て、兄に対する昨年来の不義理を償はむとするの希望に候ひき、（中略）まづ書き終りたるは、百四十枚なる「面影」と題する一篇に候ひき、私はこれを京なる小山内君に送りて、何処にても雑誌屋へ売つて貰はむことを頼みやり候ひぬ大信田は中学校時代の友人で、「借金メモ」には「（盛岡）大信田八〇」と記されています。友人としては金田一が一番多い一〇〇円ですが、それにつぐ多さです。そのくらい盛岡で呉服商を営む大信田には借金をしていたのでした。

興味深いのは、啄木はあくまでも返済しようとしていることですが、問題は汗水たらして働いて返済するという現実的なことではなく、小説の原稿料により返済しようとしていることです。それも雑誌社や出版社からの依頼の原稿ではなく、持ち込み原稿なのです。

このことは、このすぐ後の小笠原謙吉宛（八月一六日）にも記されています。「小生は『おもかげ』を小山内君に送り置けり、遠からず何処かの雑誌に現はる〻ならむと存じ候、（中略）小山内君より送つてくるべき原稿料を待つうち、五人一家のいのちを続《つ》ぐ方法に就いて考へつ〻あり候。」とあり、やはり小山内に小説を送り原稿料を得ようとしていることが記されています。しかし、大信田宛ではこの原稿料で借金を返済すると記していたのに対して、小笠原宛では一家の生活費の方に使い道を考えているなど、異なっています。啄木の真意がどこにあったのか図りかねるところがあります。

なお、この小山内君とは、日本近代演劇の開拓者小山内薫《おさないかおる》のことです。実は「主幹石川啄木」として盛岡で発行した雑誌『小天地』第一号（一九〇六年九月）の寄稿者に、与謝野鉄幹等と共に小山内薫がいました。小山内は二四歳の東京帝国大学文学部英文科在学中から『帝国文学』の編集委員をしていました。啄木は自分の雑誌に掲載してあげたのだから、小山内に雑誌への売り込みをお願いしても良いと考えたようです。しかし、結局どこにも掲載されることはありませんでした。啄木はあまりにも安易に考えていないでしょうか。このことは、北海道からの上京後にも同じでしたので、この後に出版界全体の状況と併せながら記してみたいと思います。

郁雨への最初の借金

啄木は渋民の小学校の代用教員をやめ、一家離散のような形で一九〇七年五月から北海道函館に渡りそこで生活します。苜蓿社《ぼくしゆくしや》の同人たちの世話により、五月は函館商業会議所臨時雇いとなり、六月からは函館区立弥生尋常小学校の代用教員（月給一二円）になります。やっと少し落ち着いたという感じですが、この時に苜蓿社同人であった郁雨に最初の借金の申し込みをします。

お蔭にて人間の住む家らしくなり候ふ此処、自分の家のやうでもあり他人の家のやうでもあり自分が他人の家へ来てるのか、他人の家へ自分が来てるのか、何が何やら今朝もまだ余程感覚が混雑して居り候、ヘラがない、あゝさうだつた、といふので今朝は杓子《しやくし》にて飯を盛り候、必要で、足らぬものまだある様に候、否、数へても見ぬがあるらしく候、兎に角一本立になつて懐中の淋しきは心も淋しくなる所以に御座候、申上かね候へど、実は妻も可哀相だし、〇少し当分御貸し下され度奉懇願候、少しにてよろしく御座候（七月八日）

宮崎郁雨（一八八五〜一九六二年）は、本名大四郎で啄木より一歳年長でした。後の一九〇九年に妻節子の妹の堀合ふき子と結婚するので義弟となりますが、この頃はまだ知り合って二ヵ月ほどしか経っていませんでした。郁雨の家は、父親が「宮崎味噌製造所」を起こし、「金久三年味噌」の商品などにより財をなしていましたので、金銭的には不自由をしなかったようです。しかし、そうは言っても彼はまだ手伝いをする程度でしたので、自分の小遣いで援助したということになります。

郁雨はこの最初の援助を手始めに、以後惜しみない援助をすることになります。啄木の「借金メモ」には、「（北海道）宮崎一五〇」と記されていますが、借金メモの中で最大の金額になります。郁雨は後年「函館落ちした啄木」（『石川啄木読本』一九五五年三月）の中で、啄木が苜蓿社に来たことは「孔雀《くじやく》が鶏舎へ舞いこむ位に私達を狂喜させたといっても別に誇張ではない。」と記しています。また、「初対面の私達は初めの間こそ少なからず圧迫を感じたが何時の間にか心と心が融合って、互に十年の旧知の様な親しさで語合って居た。」とも記していますが、啄木の方もすぐに借金をするくらいですから、お互いに旧知のように感じたことが分かります。

もう一つ興味深いのは、郁雨が啄木一家の貧しさにも拘わらず奮闘している妻の節子を次のように記していることです。「純情の恋に生き彼の天分を確信して明日食う米のない日にも端然として居た節子夫人とを、浪漫の夢を追う私達は善美崇高なものの象徴の様に心から歎称した」

云々です。このように節子に対してきわめて好意的に記しているのを読むと、後に郁雨が節子に「あなただけの写真を送って下さい」と書いた手紙を送ったことにより、啄木一家と義絶関係になってしまったことを知っている私には、何となくそれを暗示しているようで不思議な感じになってしまいます。

北海道における賃金や生活費

啄木の手紙は、経済的な数字に溢れています。日頃から生活苦のために経済的な数字に敏感であったことが分かります。北海道時代がとりわけそうであったわけではありませんが、しかし、妻子と母親という家族を抱えていましたので、きちんとした数字が記されます。

まずは労働者の賃金に関することです。それは一九〇七年九月七日に函館から出された立花文之助宛です。この立花は、「渋民村の大工。父の元吉が宝徳寺に出入りしていたので、啄木とも面識があった。」（全集七巻「解題」）人でした。函館はこの年の八月二五日に大火があり、啄木一家は焼失を免れましたが、啄木が勤めていた函館弥生小学校など焼失してしまいました。

北海道にて人夫を出面取《デメントリ》といふ、目下の函館は出面取と大工の大豊年なり、（中略）サテ目下当地に於ける労働の報酬は、出面一円以上二円位迄、大工二円以上三円位迄にて何れも日払ひなり、君等が来れば多分二円五十銭は欠けぬ事と思ふ、数日前には大工一日四円位なりしが大分他地方より入込みたる故少し安くなりたる由、然し今の所二百三百の大工が毎日来た所で兎《と》ても需用を充たす事能《あた》はず、何千人来ても余る事なからむ、確かなる人の話によれば、今後一二年間は大工の日賃一円五十銭以下になる事はあるまじとの事に候、何と有望な訳ではないか、

立花宛の手紙はこれ一通のみしか残っていませんので、この後どうなったのかは分かりませんが、啄木は同郷の大工に対して日当の具体的な数字を示しながら、アドバイスをしていたことが分かります。

この日当はあくまでも技術を持った肉体労働者の収入でしたが、啄木は自らの収入のことも正直に手紙に記します。函館大火のために追われた啄木は、九月一三日に北門新報社の校正係となるために札幌に行きます。このことは、「天下の代用教員一躍して札幌北門新報の校正係に栄転し、年俸百八十円を賜はる」（郁雨宛・九月一二日）と記しています。

この直後に今度は小樽日報社が創業することになり、一〇月一日より小樽日報社に出社します。郁雨宛（同年九月二五日）に「小樽日々新聞社に入る事に昨夜確定仕候、校正子一躍して二十円の三面記者になりたる」と記しています。同じことは大島経男宛（同年一〇月一三日）の長編の手紙にも詳しく記されています。「札幌には（中略）月給十五円、北門新報の校正子に出世致し」、

さらに「小樽」に行き、「小生初めは二十円の約束に候ひしが、社長何の見る所かありけむ三十か三十五枚出すやうにすると申居候」と、具体的な数字を挙げています。

しかし、この小樽での生活も事務長の小林寅吉に暴力をふるわれたことをきっかけに、一二月一二日に退社します。そして翌年の一九〇八年一月一三日には、釧路新聞社への入社が決定し、家族を小樽に残し単身で釧路に行くことになります。この釧路での生活や収入については、これもまた郁雨宛（同年二月八日）に記しています。

まず下宿代ですが、「下宿だと皆一室に二人か三人入れられる、そして夜具料共で十二円位、それですら滅多《めった》にない」が、雑居では創作活動はできないと判断し、「此家は二階の一番よい八畳間を独占で十四円五十銭」の一人部屋にします。そして新聞社からの収入と生活ですが、「僕の月給は二三ケ月間二十五円で我慢してくれとの事、多分四月から三十円にする事と思ふ。今の所経済が二つだから怎《どう》しても足らぬ、先月だけは社と社長との両方から特別に合計三十五円貰つたから小樽へも月末に二〇許り送金した。（中略）尤も家族を呼寄せると二十五円で生計は大丈夫立つ。」と記しています。

上京後の収入の見込みとは

しかし、この釧路での単身生活にも終わりがきます。離釧の理由は編集長との確執や梅川操《みさお》等との関係など様々な理由（福地順一『石川啄木と北海道』鳥影社）が考えられます。その通りなのですが、離釧というよりも、北海道そのものを離れ中央である東京で文学的生活をしたいという「東京病」が一番大きな理由であると思われます。「新らしき文学的生活。小生の運命を極度まで試験する決心に候、これは四百四病の外の外、日本の涯に来ての『東京病』は骨も心も共に腐らさんと致候」（小笠原謙吉宛、一九〇八年四月一七日）と記しているところに本音が見えてきます。

しかし、啄木は上京してからの文学的な見込みも収入のあても全くありませんでした。このような上京は、私には理解しがたいことなのですが、啄木にとってはそれほど不思議ではなかったようです。何故ならこのような上京は何度か行っており、初めてではなかったからです。上京すれば何とかなるという、無責任でありながらも変に自信のある不思議な精神状態にあったようです。この時代の青年たちが持っている楽観性であり、なおかつ当時あった強い共同体の世界のようなものが背後にあり、郷土の人や学校の先輩に頼れば何とかなる、という感覚がどこかにある時代だったのかもしれません。

そして事実そのような郷土の人たちは、惜しみない援助をしていたのでした。このことに関して、前石川啄木記念館学芸員の山本玲子がうまいことを記しています。「明治の人は、優れた才能をもっている人と見れば、その才能に投資するという立派なお考えの方が多かったのではないでしょうか。『人を見抜く目』というものをもっていたように思います。もし、見抜くことができず、目の前の才能ある人に投資しなかったら、それを『恥』と考えていたのではないでしょうか。明治の人には、そうして人を育てる力があったと思います。」（山本玲子×牧野立雄『夢よぶ啄木、野をゆく賢治』洋々社）です。その才能を見抜き啄木に惜しみなく援助した先輩の一人が、金田一でした。五月四日から金田一の援助により、東大赤門近くの赤心館に下宿することになります。

それでは啄木は、一体どのように収入を得ようとしていたのでしょうか。その甘い見通しを郁雨宛（同年五月二日）に記しています。

一身上の処置に関しては未だ決定せず、

（一）一生懸命書いて居れば、月に三四十円の収入は必ずあるから、唯先づ書くべしとの説

（与謝野氏も八分通り此説に候）

（二）創作をやると共に準文学をやる覚悟さへあれば二十円やそこいらの職につくよりもよいとの説

以上二説比較的多数にて、（中略）早晩何かの職につく考へに候、新聞なら安くとも三十か三十五枚くれる由に候、

この手紙を見れば、明らかに原稿料生活を考えていたことが分かります。もし、うまくゆかな

かったら新聞社に勤めればよいと考えていたことも分かります。しかし、本当にこのようにうまくゆくのでしょうか。不思議な感じにすら思えますが、とにかく啄木は己の信じる道を突っ走ることになります。

原稿の売り込みに失敗

啄木は原稿料収入を目指して、大変な勢いで小説を書いていきます。まず五月九日の日記に「菊池君」を書き始めたことを記し、「『菊池君』（中略）うまくゆくと、一枚五十銭にしても三十五円だね、呵々。」（郁雨宛、同年五月一一日）と記しています。また藤田武治・高田治作宛には「誰かチット許り貸してくれぬかな。原稿料がとれたら返すよ。」（同年五月一二日）と、原稿料をあてにして借金を申し込んでいます。

日記には、五月一九日に「病院の窓」を二〇枚書いたことを記しています。五月三〇日には「母」を三一枚書いて脱稿し、翌日に「天鵞絨《ビロード》」を書き始めています。それと同時に売り込みもしています。「午前と午後に二度、金田一君が中央公論の滝田氏へ行つて」（日記・五月三一日）、「病院の窓」などを売り込むのですが、六月三日にそれが不可となって戻されています。

さらに六月四日に、「病院の窓」と「天鵞絨」を森鷗外の留守宅に置いてきていますし、また「母」を生田《いくた》長江《ちょうこう》に送っています。鷗外には、「先生、もし（お暇のない所失礼ですけれど）御覧になつて雑誌位には出せるやうでしたら、誠に恐れ入りますけれども、新小説なり何なりの人へ御紹介状でも下さるわけにはまゐりませんでせうか」（六月四日）という手紙を送っています。この手紙の追伸には、「書いてゐて飯が食へるものなら、私はいくらでも書きます。書き初めさへすれば一日に二十枚は屹度《きつと》書けます。」云々と熱意を記しています。

「〝病院の窓〟春陽堂で買取る事に決つたが、報酬は登載の上にといふ鷗外先生からの葉書」（日記・六月九日）と嬉しい返事を貰うのですが、しかし、「天鵞絨」は売り込めず、六月一一日に鷗外宅に行った時に持ち帰っています。もっとも、この「病院の窓」は翌年の三月になって、一枚二五銭に値切られ九一枚で二二円七五銭を得ていることが郁雨宛（一九〇九年三月二日）に記されています。

それにも拘わらず啄木は小説を書き続けます。六月八日には「朝」を、九日には、「二筋の血」を書き始めます。六月二二日には、散文詩「曠野」、「白い鳥、血の海」、「火星の芝居」を書きます。

小説で原稿料を得るという期待は、このあたりから希望を失ってしまったようです。六月二七日の日記に、「長谷川氏［＝博文館編集者の長谷川天渓・注］から、今月はどうしても原稿料出せぬといふ手紙が来た」と記し、続けて六月二七日の日記に「噫《ああ》、死なうか、田舎にかくれようか、はたまたモット苦闘をつづけようか、？」と記しています。さらに六月二九日の日記には「死にたくなつた。」と、絶望的なことを記しています。

しかし、このような小説を出版社に売り込んで原稿料で生活するということが、正しい判断ではなかったことは山本芳明『カネと文学　日本近代文学の経済史』（新潮選書）に記されています。つまりこの明治四〇年代には、まだ「文学市場」が確立されていなかったからです。「メディアに作品が掲載されて生計を立てること、文学市場の商品生産者として成功すること」は、啄木でなくてもほとんど不可能に近いことだったのです。

それではいつだったら可能だったのでしょうか。山本は、一九一九年の総合雑誌『改造』、『解放』が創刊された年を指摘しています。この頃から「小説を掲載する雑誌の増加」により、「原稿料の高騰」となり、「需要過剰の文学市場が形成された」のでした。そして山本は、「石川啄木は『文学的運命を小気味よく試験する』時期を誤っていたのである。一方、川端康成は幸運だった。（中略）彼は、大正十年という『文運隆盛時代文壇黄金時代』にデビューしたのであった。二人の作家の『文学的運命』は文学市場の動向によって左右されていた。」とも記しています。

懸賞小説への応募

しかし、このように文学市場に恵まれなくても、啄木はあきらめませんでした。あらゆる可能性を信じて全力を尽しています。これが啄木という人なのです。一九〇八年六月一〇日の日記に、「夕方、金田一君が来て万朝報で今月末までの期限で五十回の新聞小説を募集してると知らしてくれた。賞金は三百五十円。一つ書かうかと思つて、〝八月の村〟といふのを考へた。舞台は渋民みたいな田舎にして、錯綜《さくそう》したる恋の発落。何れも皆失望に終らせるのである。」と懸賞小説に応募しようとしていることが記されます。

これは「萬朝報《よろずちょうほう》」の六月六日と七日に社告が掲載されています。佳作は三五〇円ですが、佳作と認めるものは二〇〇円とあります。これは大金です。啄木が興味を示したのは当然でした。実は、前年の函館にいたときにも、「萬朝報」の懸賞小説に応募しようとしたことがありました。「十二円で親子五人は軽業の如く候、万朝の十円小説にでも一つ出して見ようかなど考居候」（郁雨宛、一九〇七年八月一一日）です。

しかし、函館日日新聞社の遊軍記者になったり、函館大火に遭ったりしたこともあり、結局応募することはありませんでした。そして、今回も同じでした。それは、締め切りまでに二〇日しかなかったことによるものと思われます。しかしこの「八月の村」の構想は、ずっとその後も継続されていきます。「原敬の所有なる大坂新報の連載小説を依頼されて、五十回許りの『静子の恋』目下執筆中、よろこんでくれ玉へ、但し一回一円位らしいが」（岩崎正宛、一九〇八年八月二二日）と、「静子の恋」になります。

しかし、この「大坂新報」への掲載は実現しませんでした。その後、「島田三郎氏主筆の東京毎日新聞へ小説書くこと今朝確定（中略）題は〝鳥影〟六十回位の予定、稿料は（中略）一日一円位なるべしとの事」（郁雨、岩崎正宛、一九〇八年一〇月二六日）と記されているように、最終的には「鳥影」となって実を結ぶのでした。なおこの「鳥影」の原稿料は、一一月三〇日に東京毎日新聞社に行き、「最初の原稿料、上京以来初めての収入」と当日の日記に記しているように、三〇回分三〇円を貰っています。

啄木は六月の「萬朝報」以後にも、懸賞小説への応募をあきらめていませんでした。八月二七日に、「十一月十五日〆切の、二六新聞の懸賞小説を脱稿するまでは、現状のまゝで居ようといふ事にきめた。」と日記に記しています。この応募のことは、「東京二六新聞」の七月二九日に掲載されています。一〇〇回の連載小説で、何と当選賞金は一〇〇〇円でした。佳作の場合は一等一〇〇円、二等五〇円というものでした。審査委員も幸田露伴、森鷗外、島村抱月と豪華です。

締め切りは最初一〇月三〇日でしたが、一回延長されて一一月一五日になりました。しかし、啄木はこれにも応募はしていません。締め切りまでに「東京毎日新聞」への連載が正式に決まったためなのかもしれません。ただし、この締め切りまでにも、実際に一回だけ懸賞小説に応募していました。

「万朝報の懸賞小説に応ずべく、〝樹下の屍〟といふのを四時間許りで書いてやった。」（日記、九月一六日）とあり、「今日は月曜日。起きて万朝報を見ると、先日やつた懸賞小説芽出度落選！」（日記、九月二一日）とあるように、「萬朝報」の懸賞小説に応募したのでした。この日の「萬朝報」の四面に、「第五百六十九回　懸賞小説当選披露　総数六十七通」とあります。「萬朝報」では一八九七年から週一回、賞金一〇円で短編小説を募集し始め、一九二四年まで一九二〇回も行ったのでした。

『文学賞受賞作品図書目録』（日外アソシエーツ編集発行）を見ますと、違う作品をたくさん書いて応募して賞金稼ぎをしている人がいたことが分かります。例えば、大蔵桃郎《とうろう》で「萬朝報」に六回で六〇円、『新小説』に二回で二〇円、「大阪朝日新聞」創刊二五周年記念の三〇〇〇円で、合計三八〇〇円にもなっています。また荒畑寒村も萬朝報に四回当選していることも分かります。懸賞小説は啄木だけでなく、多くの文学ファンの心を動かしたのでした。ただし啄木の懸賞小説への応募熱は、ここで終わりになります。

朝日新聞社勤務

上京してからの啄木は、ずっと原稿料を期待して小説を書きましたが結局はほとんど収入にはならず、金田一の世話になっていたのでした。しかし、それもついに観念したのか一九〇九年二月三日に、同郷の佐藤真一に履歴書を送って就職の依頼をしています。同月の二四日に佐藤から採用決定の手紙を受け取ります。その日の日記には、「記憶すべき日」と書き出され、「とる手おそしと開いてみると二十五円外に夜勤一夜一円づゝ、都合三十円以上で東朝の校正に入らぬかとの文面、早速承諾の旨を返事出して、北原へかけつけると、大によろこんでくれて黒ビールのお祝、（中略）これで予の東京生活の基礎が出来た！　暗き十ケ月の後の今夜のビールはうまかつた」と、その喜びが記されています。
　啄木は三月一日から出社します。この月二五円という月給は決して低くはありませんでした。「早稲田大学を一番で卒業した谷崎精二の初任給並み」（山本芳明『カネと文学』）だったのです。谷崎精二（谷崎潤一郎の弟）は萬朝報社に入り初任給は三〇円でした。啄木はこの喜びを手紙に記します。「初めて京橋なる東京朝日新聞社に出社した。（中略）月給二十五円、夜勤手当一夜一円（但し午前一時頃まで〻徹夜ではない）、都合三十五円許り（中略）今度こそは最も有望だ、朝日では、悪い事さへしなければ決してやめさせぬ社ださうだ、そして三年以上勤めると年金がつくとの事だ、これで先づ、僕の東京生活の基礎が出来たと言つてもよい。安心してくれ給へ。」（郁雨宛、三月二日）です。さらに原稿の売り込みで世話になったり、雑誌『スバル』で世話になっている鷗外に対しても喜びの手紙（三月六日）を出しています。

　此度「東京朝日」に長く編輯長を勤め居候同県出の佐藤と申す人の世話にて、去る一日より月給二十五円、夜勤一夜一円との事にて同社にて使つて貰ふことと相成、当分校正の役をふりあてられ異様なる新しき気持を持て毎日出勤罷在候。これにてまづ〳〵最低程度の生活の基礎出来候訳なれば旅費その他の苦面のつき次第函館なる家族を呼び寄せ東京に永住の方針をとりたくと存じ目下は愈々《いよいよ》その事にのみ焦慮仕居候、社より解雇さるる時ありとすれば、別問題に候へども、出来ることならば小生は一生朝日社に奉公しても宜敷《よろしく》と、否、致度《いたしたく》と存居《ぞんじおり》候《そうろう》、

「一生朝日社に奉公」してもよいと記していますが、実際にこの通り、啄木は病気休職となりながらも死ぬまで朝日新聞社に在籍していたのでした。この段階で東京生活の基礎ができたのです。

社からの前借の必要な理由

ところが、この月給では不足するので「前借」をしていることを啄木は盛んに書いています。「今迄の滞りで下宿屋がイヂメる。先月は入社早々前借して入れた。今月もあまりイヂメられるので、モウ十五円だけ前借して入れた。」（郁雨宛、四月一六日）と、社から二ヵ月続けて「前借」していることを記していますが、この時はまだ家族は上京しておらず一人暮らしなのです。啄木は記していませんが、この四月七日から「ローマ字日記」が始まります。つまり、半独身生活をいいことに、浅草や吉原などに遊んでいたのです。そのような遊興費にも使われていたのでした。

しかし、六月一六日に、ついに家族が上京して喜之床《きのとこ》の二階の間借り生活が始まります。ここから、激しい生活苦が手紙に記されるようになります。家族が上京して二五日ほど後の郁雨宛（七月九日）にそのことが詳細に記されます。

僕は今度非常な無理をしたんだ。六月分を全部前借し、友人から借り、それでも下宿屋のアナが埋らずに大分残つたのは月賦にして金田一君に保証人になつて貰つた。此処を借りたに就いての費用は全く君から貰つた十五円でやりくりしたのさ。それで先月の晦日は一文なし。一日から出社。二十五円今月分前借して来たが、並木君の時計をかりて質に入れておいたのを受けるに約十円、それから小借金を払ひ米をかひ、医者（一日に社の帰りに電車から飛下りをしそくなつて左の手と膝に負傷、昨日漸く繃帯をとつた）に払ひ、電車の回数券を買ひ、安物の僕のヒトへを買つてもう無い。下では今月分の家賃を前払ひにしてくれといふ。米はまだ三四日あるが、炭は明日から無いとよ。イヤになつちやつた。（中略）

今二十円あると今月はそれで済む。来月からはその月の月給でどうやらゴマカシテ行けるのだ。かう面《ツラ》の皮が厚くなつては誠に自分で自分に恥かしいが、これを最後のお頼みに叶へて貰へまいか。何しろ何から何まで現金買ひなんだから仕末が悪い。

家族が上京するために、喜之床の二階を借りるのは郁雨からの援助の一五円でなんとかなったとしても、質屋に一〇円、小借金、そして米を買い医者への支払いなどがあることを具体的に書いていています。それらを払うために六月分のみならず七月分の二五円を全額前借したというのです。そしてあと二〇円あると今月分は何とかなるのであると、郁雨に融通を頼んでいます。

同じように生活に困ったという手紙を、啄木の高等小学校時代の恩師の新渡戸《にとべ》仙岳《せんがく》宛（九月二八日）にも書いています。「東朝社に出て居り、二十五円貰ひ居候、これではどうしても足らず候、（中略）自分でも実は感心する位切詰めた生活致居候へど、それでも足らず候、殊に荆妻《けいさい》の病気、尤も日増少し宛よくなり居候、（中略）以前は困れば借金するを何とも思はぬものに候ひしが、近頃それは出来るだけ罷め居候為」云々です。

二五円の収入では家族を養うのは苦しいが、借金をしないようにしている。それで「岩手日報」に「百回通信」の原稿を書いて収入にしたいので、口添えをしていただきたいという内容の手紙です。この原稿は実際に「岩手日報」に掲載されることになります。また新渡戸から「小切手七円」（新渡戸宛、一〇月一〇日）が送られてきてもいました。

妻の家出と生活態度の一変

この新渡戸宛の手紙には、妻の節子が娘の京子を連れて一〇月二日に盛岡の実家に家出したことが詳細に記されています。その原因も老母との確執にあるとし、母は「泣いてうちに早く帰つて」くれと言っているということを、機会があれば節子に伝えてほしいということも記されています。

啄木はこのように妻の家出の原因を嫁姑との確執にあると記していますが、今井泰子は「女の目で読めば、ここにはまず何よりも夫に対する痛烈な抗議、夫の愛情に対する不信」（『石川啄木論』塙書房）があると記しています。その通りであると言ってもよいでしょう。啄木は釧路への単身赴任以後この年の六月まで妻子と一緒に生活しなかったのですから。啄木もそのことを感じており、この新渡戸宛（一九〇九年一〇月一〇日）の手紙にも、「昼は物食はで飢を覚えず、夜は寝られぬ苦しさに飲みならはぬ酒飲み候。妻に捨てられたる夫の苦しみの斯《か》く許りならんとは思ひ及ばぬ事に候ひき。」とも記しています。

そして節子が一〇月二六日に戻って来た後には、啄木は大きく変化していきます。それは文学第一主義から生活第一主義への変化でした。啄木は自らの変化を手紙にもきちんと記しています。翌年の一九一〇年一月九日の大島経男宛です。

函館にゐてお世話になつた頃を考へるとボーツとしてまゐります、あの頃私は実に一個の憐れなる、卑怯なる空想家でした、あらゆる事実、あらゆる正しい理を回避して、自家の貧弱なる空想の中にかくれてゐたにすぎません、私の半生を貫く反抗的精神、その精神は、然し乍ら、つまり自分で自分に反抗してゐたに過ぎません、それと気がつかずに、唯反抗その事にやりどころなき自分の感情を話して咨嗟《しさ》［ため息をついて嘆くこと・注］し、慷慨《こうがい》し、自矜《じきょう》してゐた臆病な無識者は、遂に内外両面の意味に於て「破産」を免かれませんでした、（中略）

上京後一歳有余の私の努力――その空しき努力は、要するにこの破産が一時的の恐慌から起つたのではなく、長き深き原因に基づいたものである事を明らかにしたに過ぎません、最近昨

年秋の末私は漸くその危険なる状態から、脱することが出来ました、私の見た悪い夢はいかに長かつたでせう、

この最後の「昨年秋の末」の出来事からの変化ということは、郁雨宛（同年三月一三日）にも「去年の秋の末に打撃をうけて以来、僕の思想は急激に変化した。（中略）意識しての二重の生活だ、自己一人の問題と、家族関係乃至《ないし》社交関係における問題とを、常に区別してかゝるのだ、」とも記しています。

節子の家出以後心を入れ替え、自分のやりたい文学的なことを優先するのをやめ生活を犠牲にしないと誓ったことを示しています。これは手紙の中だけでなく、「弓町より　食ふべき詩」（一九〇九年一一、一二月）にも、「すべて詩の為に詩を書く種類の詩人は極力排斥すべきである。無論詩を書くといふ事は何人にあつても『天職』であるべき理由がない。（中略）一切の文芸は、他の一切のものと同じく、我等にとつては或意味に於て自己及び自己の生活の手段であり方法である。詩を尊貴なものとするのは一種の偶像崇拝である。（中略）両足を地面《じべた》に着ける事を忘れてはゐないか。」と、浪漫主義時代の、文学を第一とする発想を自ら否定したのでした。

はたらけど／はたらけど……

このようにきちんとした生活者としての自覚を持った時に、名歌は生まれました。

はたらけど
はたらけど猶《なほ》わが生活《くらし》楽にならざり
ぢつと手を見る

『一握の砂』（一九一〇年一二月）に収められていますが、作歌はこの年の七月二六日の夜でした。この歌は、河上肇の『貧乏物語』（初出は「大阪朝日新聞」一九一六年）に、「故啄木氏は、／はたらけど／はたらけどなおわが生活《くらし》楽にならざり／じつ《ママ》と手を見る／と歌ったが、今日の文明国にかくのごとき一生を終わる者のいかに多きかは、以上数回にわたって私のすでに略述したところである。今私はこれをもってこの二十世紀における社会の大病だと信ずる。」云々と引用されてから、とりわけ知られるようになったと言われています。

歌の内容は啄木の実感だったと思われます。啄木は朝日新聞社で定収入をきちんと得ていながらも、しかし、生活は楽ではなかったのです。啄木はそのことを郁雨宛（一九一〇年一二月二一日）に訴えています。「昨日社から賞与を五十四円貰つた、子供の葬式、野辺地の老僧が死んで父が行つて来た時のおくれ、それから例の君も知つてる筈の下宿屋ののこり、そんなのを払つたら今朝はもうない、この歳暮の財政は何う勘定しなほしてみても二十五円許り足らない、僕の頭は暗い、つくづく厭になつた、」です。

この中の「君も知つてる筈の下宿屋ののこり」とは、「金田一氏が保証人となり、蓋平館《がいへいかん》の百円ほどの滞つた下宿料は月がけで払ふ約束」（吉田孤羊『啄木写眞帖』乾元社）になっていたことです。そしてついに啄木は、社会主義に夢を託すようになるのでした。それはこの手紙から一〇日も経ていない、郁雨宛（一二月二〇日）に記されます。

> 文学士金田一君の収入は月四十円（講座に休み有れば更に一日一円の割にて減ず）である、さうして月十円の家に住み、これといふ不足なく夫婦楽しく暮してゐる、僕が秋以来の月収は歌壇夜勤の手当共四十三円であつた、乃ち中学も卒業しない僕の方が三円から五円位迄多く取つてゐる、然し両家の生活は全く比《くら》べ物にならぬ、これ何に原因するか、君、君は僕の歌集の評の中に社会主義は夢だと書いてあつたが、少くとも僕の社会主義は僕にとつて夢でない、必然の要求である、金田一家と僕の一家との生活を比較しただけでも、養老年金制度の必要が明白ではないか
>
> この年末の僕一家の支出予算総額百三十円（この内約三分の二は、妻の約三ケ月の医薬料下

宿屋その他に対する借金也）であつた、それに対する収入には二十五円の不足があつた、その二十五円は君の好意によつて補はれた、僕はそれで可い筈だつた、然し愈々《いよいよ》時日が切迫してくると共に、僕の立てた予算は幾多の欠点を暴露した、餅《もち》も搗《つ》かねばならなかつた、年始状も出さねばならなかつた、質も出さねばならなかつた、質の利子も払はねばならなかつた、火鉢の縁《フチ》がとれたり洋灯がこはれたりした、子供の下駄も買はねばならなかつた、老人達にも幾分の小遣を上げねばならなかつた、かくて原稿紙に書いておいた予算案は赤く黒く幾度か修正された、さうしてとう〳〵また十五六円の不足が正確になつた、（中略）

僕の今迄の収入は、月給二十五円、夜勤十円、歌壇八円　計四十三円だつた、一月以後は、月給二十八円（これだけ今度昇つた）歌壇八円　計三十六円といふ定収になる、三十六円あれば一家五人の生活費は間に合ふ、たゞ不足なのは下宿屋に対する月賦五円（今迄やつたのは殆んど利子にしかなつてゐないさうだ、何時までつゞくことやら）と社に於ての弁当料とか煙草代とかその他の小遣である、

大変長い引用をしましたが、詳細な数字を挙げながら記す啄木の苦況が伝わってくる手紙だからです。啄木はきちんと働いており、収入はあるのです。それにも拘わらず不足するのは、今までの下宿の借金が積もっておりそれを「月がけで」返済しなければならないこと、そして扶養しなければならない家族がいることからでした。

最後の前借と芥川龍之介の前借との比較

啄木の手紙の中で、最後に前借依頼が記されたのは西村真次宛（一九一一年一二月二九日）です。西村は啄木の同僚として朝日新聞社記者をしていましたが、三一歳頃の一九一〇年に冨山堂に転職し雑誌『学生』の編集主任をしていました。啄木はこの雑誌に何回か寄稿していましたので、次の手紙に記されているような前借をすることになります。

西村さん。まる一年もすつかり御無沙汰してゐて、突然こんな手紙を差上げるなんて、自分ながら自分の行為を弁護することも出来ない次第で御座いますが、よく〳〵の事だと思つて下さい。今年はまるで病床に暮してしまつたのです。一月から悪く、二月一日に診察をうけて慢性腹膜炎だと言はれ、すぐ大学病院の施療に入院したのでしたが、同月末更に非常の発熱と共に肋膜炎を併発し、その後退院はしましたが、病勢一進一退、（中略）肋膜が慢性になつてしまつてるので、春暖の頃にでもならなければ兎ても恢復すまいと思つてゐます。

親があり妻があり子がある処へこの始末、それだけでも大変ですのに、その妻までが七月以来もう半年病院通ひをしてゐます。（中略）かういふ状態の処へ「年末」が来たのです。（中略）西村さん。兎ても申上げられない程の無理なお願ひなので御座いますが、万一出来ます事ならば、原稿料の前借といふやうな名で金拾五円許り御都合して助けて頂けますまいか。（中略）あなたの御命令の期日までに御命令のものを是非かきます。私で出来るものなら何でも書きます。（中略）

十五円といふと私にとつては大金で御座います。しかし、実際の不足額の約四分の一で御座います。十五円あれば、四方八方きりつめて、さうして一円か二円正月の小遣が残る勘定なのです。何とかして（無理を極めたお願ひですが）助けていたゞけませんでせうか。お葉書を下さればすぐ妻にお伺ひいたさせます、三十一日に間に合ふやうに。

一年も御無沙汰している西村に対して、家の苦況を具体的に記します。自らの慢性腹膜炎や妻の病院通いによる出費、それに年末の多くの出費が必要になるということを数字を挙げて具体的に説明しています。そして、原稿を必ず書くので前借という形で一五円融通してくれないかと、必死になって懇願します。

西村はこの手紙をもらってどう対応したのでしょうか。実は、翌年の一月二日付の啄木の西村宛の手紙が残っています。それによりますと、西村はこの手紙に心を動かされ何とか援助しなければならないと思います。しかし、すぐに原稿を注文するわけではなく、自らのポケットマネーの五円を渡したのです。啄木は、薬を買うことができるとして大変感謝しています。

さて、このような必死の前借の手紙ですが、前借依頼や借金をした文学者というとすぐに啄木の名前が出てくるようです。何も啄木ばかりが前借や借金をしたわけではありません。芥川龍之介も前借や借金を数多くしています。このことは関口安義『芥川龍之介の手紙』（大修館書店）の「借金依頼の手紙」に紹介されています。

例えば『中央公論』の編集長の瀧田樗陰《たきたちよいん》に宛てた手紙（一九二〇年一一月二三日）です。「拝啓　唯今宇野浩二先生と信州諏訪に来てゐます。明日中に帰らうと思つてゐます。所が京阪を流浪して来た為嚢中《のうちゆう》が冷《ひや》になつて難渋《なんじゆう》してゐます。申兼ねますが左記へ五拾円ばかり御送り下さいませんか　電報為替にて願へれば幸甚です。頓首《とんしゆ》」とあります。何と五〇円の前借をしていますが、芥川は中央公論社から原稿料の前借をすることが度々あったようです。

さらに新潮社支配人の中根駒十郎に宛てた手紙（一九二五年九月二五日）です。「何とぞ御光来の節はお金三百円ばかり御融通下され度願上候。文章倶楽部のゴシップによれば千葉の海に命を失はむとなされ候よし、それは小生にお金を渡さざる祟《たた》りなり。今度のお金も御延引なされ候に於ては自動車か電車に轢《ひ》かれ御落命の惧有之《おそれこれあ》るべき乎《か》。急々如律令《きゆうきゆうによりつりよう》。急々如律令。」です。

最後の「急々如律令」とは、「道家や陰陽家などのまじないの文句である。はやしことばであるとともに、教えに従って早くしなさいといったような意味をこめているのであろう。」（関口安義『芥川龍之介の手紙』）ということです。また、結果的に中根は三〇〇円を融通したということです。芥川の前借や借金の依頼の手紙は、ユーモアに富んだものでありながらも、融通した側と貰った側の親密な関係を知らないと、多少強引で高飛車な感じを与えます。

それに対して、啄木の借金や前借の依頼の手紙は、もっと低姿勢で真剣で具体的です。エリートコースを進んだ芥川は、既にこの頃は名を成しており出版社も芥川の申し出に対しては、気前よく応じるところがあり、借金とか前借に暗いイメージがありません。余裕に満ちています。しかし、啄木は中学校中退で、歌人・詩人としてはそれなりに名を成していたとはいえ、小説家としては無名であり、また妻子ばかりか親の面倒もみなければならず、さらに一家が病気になってしまっている状態にあって、前借や借金は必死のことだったのです。それが手紙から伝わってきます。

5　病苦の発信

今日もまた胸に痛みあり。／死ぬならば、／ふるさとに行きて死なむと思ふ。

生涯を通した病苦の記述

結核性の全身衰弱により二六年と二ヵ月で亡くなった啄木ですが、日記や手紙に自らの病のことを詳細に記しています。年ごとの啄木の病を簡単に記してみましょう。

一九〇二年（一六歳）―頭痛、高度の発熱
一九〇三年（一七歳）―脳神経、心臓、胃
一九〇四年（一八歳）―風邪、頭痛
一九〇五年（一九歳）―脚気の前兆？　頭痛、痔、胃腸、下痢、胃痛、風邪、病脳
一九〇六年（二〇歳）―頭痛、左の胸の痛み（肺病になるのか？）

一九〇七年（二一歳）—眩暈《めまい》、動悸、流行感冒
一九〇八年（二二歳）—風邪、頭痛、神経衰弱、不眠症、耳鳴り、頭が重い、後脳痛
一九〇九年（二三歳）—神経衰弱、頭脳痛、二度口から血が出る（ノボセ？）、胃腸、不眠症
一九一〇年（二四歳）—風邪、耳鳴り
一九一一年（二五歳）—風邪、慢性腹膜炎、右肺の痛み（肋膜炎？）、四〇度の発熱、肋膜炎、
神経衰弱、胸の痛み、頭痛
一九一二年（二六歳）—三九度の高熱、毎日毎日熱に苦しめられる

このように挙げてみますと、毎年のように記しているのは「頭痛」（それに近い「脳神経」「神経衰弱」）です。つまり、常に精神が緊張していた結果発生したと考えられる、不定愁訴とでも呼ぶべき病です。

井上ひさしの戯曲『頭痛肩こり樋口一葉』のタイトルのように、一葉は「頭痛」や「肩こり」に悩まされていたことが知られていますし、また夏目漱石は「神経衰弱」に襲われていました。文学者という職業は常に神経を張りつめて原稿用紙と格闘している結果、頭痛や神経衰弱になるのはいわば職業病とでもいうべきものなのかもしれません。

ただこのような病にあって、啄木は肺結核かどうか断定できないにしても結核性の全身衰弱で亡くなったことは確かです。それに拘わるかもしれない三ヵ所の気になる記述があります。その

一ヵ所めは、一九〇六年一一月一九日の「十九日から、左の胸が痛く、頭の加減もよくなくなった。予は心配した、あゝ肺病になるのか？　しかし、これは、平生筆をとる時左の胸を机の角で圧迫されて居た為めであつた。」（日記）という記述で、左の胸が痛み、「肺病になるのか？」と心配していることです。

そして二ヵ所めは、一九〇九年五月一四日の「ローマ字日記」の中です。「二度ばかり口の中からおびただしく血が出た。女中はノボセのせいだろうと言った。」です。そして三ヵ所めは、一九一一年一〇月三一日のローマ字書きの日記の「こないだ中、胸の痛かったのはなおってしまったが、咳だけはやっぱり出る。もっとも胸に響くことはさほどでなくなった。」です。

このような胸の痛みや口からの出血は、もしかすると結核の予兆ではなかったかと思えてきます。少なくとも啄木自身が、そういう恐れを何となく感じていたと考えられるのもまた事実であると思われます。

頭痛と神経衰弱の発信の数々

啄木はこのような病苦を日記に記しながら、それと同時に多くの知人に手紙の中で発信し続けました。いえ、発信せざるをえないものがあったのでしょう。その最大のものは、一九一一年二月四日に入院し手術をうけ、三月一五日に退院した慢性腹膜炎でした。このことについては次の節から詳細に取り上げることにしますが、ここではそこに至るまでの病の発信の手紙の数々を挙げてみたいと思います。

ごく初期のものとしては、「今日は頭痛で病床にあり永い手紙はカケヌ。」（一九〇二年五月一七日・赤林精吉宛）という一六歳の時の手紙です。その後啄木はこの年の一〇月に盛岡中学校を中途退学し上京しますが、翌年の一九〇三年二月二六日に病気になり父親に連れられて帰郷することになります。そして、故郷の自然と堀合節子との愛に癒やされながら恢復するのでした。その病苦の状況は多くの友人たちに発信されました。

とりわけ野村胡堂には、何回か病のことを記しています。例えば同年九月二八日付の手紙です。「頭痛はまた盛んになりそうになつて来た。（中略）病む者でなくては病のくるしみ、健康の愉快を知らぬ。（中略）病程つまらぬ者はない。万事に根気つゞかなくなる。」云々です。そして、次の同年一〇月二九日のものが一番詳細です。

私、今秋出京の企ても病魔の呵責《かしやく》たへがたくて、哀れ水の泡と成り申候。とてもかくても来春まではこの寂しき里に冬籠りの事と定まりて見れば、今更の様に弱き身はかなくなり候。病は脳神経と心臓と、それから持病の胃、名前丈《ママ》けでも恐ろしき事に候。日夕薬のむが役の秋、思ひのみ沢山に御座候。

この当時の啄木の病は、先ほども記しましたが頭痛のような神経性のものが中心でした。やはり、意気揚々と上京しながらも、病を得て尾羽《おは》打ち枯らして帰郷したことが相当の衝撃となっていて、ずっと尾を引いているのです。しかし、この頭痛を中心とする手紙の中の愁訴は続きます。翌年の一九〇四年では、「今朝になつて起き出て見れば、頭痛もする、不快である。」（八月三日・伊東圭一郎宛）、「我はこの頃たれこめて頭痛と戦うては、苦吟の筆を噛みつゝ過しぬ。頭の痛みも身の痩せも血を吐く思ひも、胸に金鳴銀響」（一二月一四日・姉崎嘲風宛）、「日頃の頭痛仲々にはげしうて詩心錯然」（一二月一五日・前田儀作宛）です。

そして翌年の一九〇五年にも続いています。「身世の多忙と頭痛に迫られて、親しき君にさへ便りせぬ身を哀れと思へ。」（四月二五日・上野広一宛）です。さらに翌年の一九〇六年ですが、「今日は頭痛の常とは異なりて甚だしく、筆とる気にも成れず」（四月三日、前田儀作宛）とあります。

興味深いと思われるのは、この「頭痛」という言葉と共に「神経衰弱」という言葉が一九〇八年から記されることです。「頭が一層痛くなつた。（中略）少し許り神経衰弱が起つたのらしい。立つと動悸がする。横になつてると胸が痛む。不愉快だ。」（一九〇八年三月二六日・日記）、「どうも夜眠れなくて困り候。多分神経衰弱なるべしと存候。」（一九〇八年七月一四日・並木武雄宛）、「神経衰弱にかゝつた時の様な気持で、何も書く気になれず」（一九〇九年二月四日・日記）などのようにです。

明治時代において「神経衰弱」は一つの流行語でもあり、多くの文学者が使っていました。とりわけ漱石は、「近頃非常に不愉快なりくだらぬ事が気にかかる神経衰弱かと怪しまる。」（英国滞在中の一九〇一年七月一日・日記）や、「英国人は余を目して神経衰弱にして兼狂人と云へり。（中略）帰朝後の余も依然として神経衰弱にして兼狂人の由なり。」（『文学論　序』一九〇七年）などと数多く使用しています。そのような時代の中で、啄木もこの言葉を使うようになったものと思われます。

恢復や健康の有り難さをアピール

頭痛や神経衰弱という精神の病を中心に記しましたが、そのような重い気分から一時的であれ解放され躁《そう》状態とも思える気分の良さを伝える手紙もあります。

例えば一九〇四年一月一三日の姉崎嘲風宛です。「さて病苦堪へ難く、心の重き痛みいや更につのりて、敗残の身を故山に艱ふ可く相成り候ひしは、昨春雪まだ深き程の事にて候。」と書きながらも、「秋来健康漸《ようや》く克復の道をえて、今は早や完く病魔の手をはなれんとする小生の悦び極りもなく候。」と、自らの恢復《かいふく》を記しています。

同じような手紙として、同年の金田一宛（三月一二日）があります。「私は嘗《かつ》て悩みと病と死の子でありましたが、只今では健康も元気も克復して、光明の世界！　と云ふも大袈裟ですが、兎に角、或る美しい幻を彷彿《ほうふつ》の間に認めうる様になりました。」です。

嘲風宛も金田一宛もそうなのですが、実は同時期の日記には、「風邪の気にて、頭重し。」（一月一五日）、「終日頭重くして筆を取れど興味索然。」（二月一八日）、「頭痛し。」（三月八日）、「一日心地悪し。」（三月一一日）、「風邪の気にて筆とれず。」（三月三一日）などと、頭痛や風邪のことなどが記されていますから、必ずしも体調が良かったわけではありません。

しかし、東京帝国大学教授である嘲風に対しては、自らのアピールがあったのかもしれません。また、金田一はこの年の三月までは、仙台の第二高等学校（現在の東北大学）にいましたが、四月からは東京帝国大学に入学します。東京に行く金田一への気配りもあったのかもしれません。日記とは裏腹に手紙ではあたかも恢復し、健康である様を強調しています。病を克服し健康であることが伝えられれば、受け取った人は誰でも嬉しくなることもまた事実でしょう。それに、目上の人に対する配慮のようなものを感じさせます。

もっとも同年齢の盛岡中学校時代の友人に宛てた手紙の中にも、一ヵ所だけ自らの恢復のことを記したものがあります。それは一九〇六年八月四日の大信田金次郎宛です。


六月の初旬、休業を幸ひ、遽《にわ》かに思ひ立ちて上京したり、僅かに片路の旅費をえて。これ私が規則的時間的なる生活のために恢復しえたる身体の健康と、それに伴ふ心の健康の蘇生の第一の徴候に候ひき。而して再び故山の寂寥に帰来せる私は、少なからざる元気を有し候ひき、これ京地にて新刊の書を少なからず読み大に胸中に或る奮慨を感ぜしために候。

ここの部分だけを読みますと、いかにも啄木が病気から恢復し健康になったことを記していると思われるのですが、必ずしもそうではなかったのです。このように書くのは少し事情がありました。実はこの時、啄木は沼宮内《ぬまくない》警察署から呼び出しを受けていたのです。その真相は手紙などからでは理解しにくいのですが、大信田の委託金費消の疑いの件で啄木も呼び出され、結局「不起訴処分」（岩城之徳「伝記的年譜」『石川啄木全集　第八巻』筑摩書房）になったというものでした。

啄木は大信田にも借金をしていたのですが、その借金は小説「面影」の原稿料で必ず返済すると記しています。そのために自分は病気から恢復し元気になっているから大丈夫だというために、健康をアピールしていると思われるのです。確かにこの前後数ヵ月にわたって啄木の日記や手紙には大きな病気の徴候などは記されていませんから、嘘ではないと思われるのです。しかし、むしろ敢《あ》えて健康をアピールしているという狙いの方を強く感じさせるものなのでした。

そしてこれ以後の啄木の手紙はもとより、日記にも健康であることを記す記述はほぼないと言っても過言ではありません。逆に病を記述する日記や、それを伝える手紙が圧倒的に多くなるのです。

慢性腹膜炎の病の進行を発信

そういう病苦の発信を見ていくと、極めつきなことがありました。それは一九一一年二月四日に慢性腹膜炎で東京帝国大学附属病院青山内科に入院し、手術を受け三月一五日に退院し、以後自宅療養をしたことです。もっともこれは啄木本人の病でしたが、この後には家族も同じような病になっています。妻節子は、この年の七月二八日に、啄木と同じ青山内科で肺尖加答《カタ》児《ル》の診断を受け、なおかつ伝染の危険ありとされました。

さらに翌年の一月二三日には母のカツが、近所の医者から結核であると診断され、そのわずか一ヵ月半ほど後の三月七日に死去しています。享年六六でした。そして啄木自身も四月一三日に亡くなるのです。まさにこの一年二ヵ月ほどの啄木一家をめぐる手紙の中の病苦の訴えは、読むものに鬼気迫るものを感じさせます。

そしてこのような病苦の発信の仕方で、少し注目すべき点があります。それは病の進行状況を逐一複数の人に同じように伝えているということです。つまり、現代ならさしずめブログに投稿しているというべきものなのです。もちろん現代ならば一回だけ書き込めば良いのですが、啄木の時代はそれを何人にも同じように書いて投函していたのでした。

啄木がこの慢性腹膜炎で入院しなければならなくなったことを最初に知らせたのは、二月一日の土岐宛です。「僕の腹の一件だがね、今日大学でみて貰つて急に笑ひ事ではなくなつた、慢性腹膜炎といふ奴で、余り馬鹿にされないさうだ、仕方がないから僕もあまり馬鹿にしないことにして一両日中に入院する、」云々という用件を簡潔に知らせた葉書です。

そしてこの同じことを、翌日の郁雨宛にも詳細に記しています。ところがこの手紙は土岐宛のものとは全く異なっていて、医師とのやりとりを会話をそのまま使いながら臨場感を出し、ユーモアたっぷりに書いています。これこそまさに現代のブログであるとも思われます。従って、これは第一章の「ブログ感覚の手紙」の方で紹介しましたので、ここでは引用しません。

この二通が入院前の手紙ですが、入院するともっと多くの人たちに発信しています。まずは二月四日の高田治作、藤田武治宛です。

　この手紙はベットの上に仰向けに寝てゐて書くのである、まだ八時にもなるまいと思ふのに、病院の夜は関寂《げきせき》としてゐる、巷《ちまた》のどよみも電車の響も聞えない、何処《どこ》かで咳をするのが聞こえたり、長い〳〵廊下に時々上草履の音が起つて消えてゆくばかりである、生れて初めて入つた病院といふ建物の中の第一夜、はしなくも両君の事を思ひ出した、

入院し、病院という非日常の世界での第一夜の不安な心境が記されている文章です。「時候の挨拶」のところでも記しましたが、啄木は聴覚に敏感でよくそれを詳細に描写する人でした。廊

下の草履の音により、夜の静けさが増している様を示しています。

このような病院での最初の一夜のことを、『悲しき玩具』の中で次のように詠んでいます。「病院に入りて初めての夜《よ》といふに、／すぐ寝入りしが、／物足らぬかな。」です。この高田・藤田宛の手紙には、「腕が疲れて仲々書けない」とか「腕がつかれた」などと、筆を持つ腕の疲れを何度か書いていますから、かなり体力が落ちていたものと思われます。最初の日の緊張の気疲れが強く、それ故にか歌の内容のようにすぐに眠ってしまったものと思われます。

病院の寝台の上からの発信と短歌

入院すると啄木は、入院前より多くの人達に発信していきます。土岐には、「只今青山内科第十八号室にまで眠れたる腹を運びこみ候」（二月四日）という短信を記しています。郁雨にも「今日入院した」（二月四日）とだけの葉書を送っています。さらに妹の光子には、「兄さんは御病気で昨日から御入院だ」（二月五日）と書いています。同日の金田一には、もう少し長い手紙で知らせています。郁雨、光子、金田一宛にはすべて後書きに「大学病院青山内科十八号室」などと記しています。

以後、三月一五日に退院するまでに、西村辰五郎、並木武雄など実に一四通ほどの比較的長文の手紙を書いています。二月六日の大島経男宛の手紙は、現在の社会組織の問題や大逆事件に触れた、時代と深くかかわる内容になっています。その最後の方に自らの入院になったことや、入院中のことについて触れています。

私の病気といふのは慢性腹膜炎とかで腹に水がたまつたのです、一月の半頃からだん〳〵腹がふくれ出し、何だか腹に力がはいるやうで気持がよいと思つてゐますと、しまひには皮がピカ〳〵光る程ふくれて始終圧迫を感じ、起居に多少の不自由を余儀なくされたやうになつたから、友人の勧めで医者に見せたのです、痛くも何ともありません、入院しなくちや駄目だといはれて一昨日午後フラリとやつて来て此施療室の寝台に上つたのですが、喫煙その他大抵の自由は許されてあります。（中略）いろ〳〵やりたい事があるのでイヤになります。

このように記しています。また二月一四日の小田島理平宛の手紙と同日の新渡戸仙岳宛、そして二月二〇日の安藤正純宛には二月七日に行われた一回目の手術のことを簡単に記しています。「去る七日に第一回の手術をやつて、下腹にあけた穴からウイスキイのもつと濃いやうな色の液体を一升五合程とりましたが、貧血を起したのでそれなり中止しました、何れまた近いうちに二度目の穴をあけられること〻思つてゐます。」（二月一四日、新渡戸仙岳宛）というものです。もっとも経過が良く二回目の手術はありませんでした。

このような入院中の出来事は、ほぼ同時進行という形で短歌に詠まれ雑誌に掲載されていきます。『創作』（三月号）には「寝台の上より」として一八首掲載されますが、そのうちの半分が病をテーマにしています。次のような歌があります。

ふくれたる腹を撫《な》でつつ、／病院の寝台《ねだい》に、ひとり、／かなしめるかな。
目さませば、からだ痛くて／動かれず。／泣きたくなりて夜明《よあ》くるを待つ。
ぼんやりとした悲しみが、／夜となれば、／寝台の上にそつと来て乗る。

『文章世界』（一九一一年三月号）には「病院の夜」として一〇首掲載されますが、すべて病に関する歌です。

そんならば生命《いのち》が惜しくないのかと、／医者に言はれて、／だまりし心！
ドア推《お》してひと足出れば、／病人の目にはてもなき／長廊下かな。
夜おそく何処《どこ》やらに室《しつ》の騒がしきは、／人や死にたらむと、／息をひそむる。

『曠野《あらの》』（一九一一年三月号）には「健康を思ふ」として一二首を掲載していますが、すべて病をテーマとしています。ただし、この一二首は『創作』と『文章世界』のものをそのまま掲載しています。『精神修養』（一九一一年四月号）に「病中十首」として掲載していますが、これもすべて病をテーマにしたものです。

たへがたき渇《かわ》きおぼゆれど、／手をのべて、／林檎《りんご》とるだに物憂き日かな。
かなしみの来て乗れるかと／うたがひぬ――／蒲団《ふとん》の重き夜半《よわ》の寝覚めに。
病みてあれば心も弱るらむ！／何となく／泣きたきことの数ある日かな。

『創作』と『文章世界』に掲載された歌の多くは、『悲しき玩具』にも収められています。

肺病での死の予知

このような入院中の手紙の中で、私がもっとも驚きを感じたのは安藤正純宛（一九一一年二月二〇日）です。なぜならこの手紙の中に、自らの死の予知が記されているからです。それではこのようなことを知らせることのできた安藤とは、一体どのような人物なのでしょうか。安藤は土岐哀果の従兄で、啄木が朝日新聞社に勤めていた時の上司で編集長副役でした。また啄木は土岐の「ローマ字歌集『NAKIWARAI』の書評を依頼し、またその関係する雑誌『精神修養』に短歌の寄稿を求めた。」（岩城之徳「解題」『石川啄木全集　第七巻』）人でした。なお、安藤宛の手紙はこの一通しかありません。

朝早く目をさました時だけは盗汗《ねあせ》がぐつしよりと出てゐるし、身体を動かさうとすると腹や胸が方々痛むので、泣きたくなりますが、それは然し起きて十分もぢつとしてゐれば直ります。

（中略）

病院から出たあとの事を考へると、何だかかう怖ろしくなります、「休みのない戦」に出かけるやうな気がします、何年かの後には屹度今度は肺病にでもかゝつて死ぬことでせう、「どうせ長くない生命だ長ければ長いだけ苦しい生命だ」さういふ事を考へると幸徳と菅野《ママ》が肺病だつたといふ事をしみ〴〵と感じます。尤もそれと私とは全然場合が違ひますけれども、安楽なる生活といふものを将来に期待し得られない人間は、誰しも同じやうな心理状態を経験するらしく思はれます。

病院から出たあと、「何年かの後には屹度今度は肺病にでもかゝつて死ぬことでせう」と記しています。明確に自らの死を予知しているのです。それも「肺病」という病名まできちんと記していることに驚かされます。なぜなら啄木自身、この次の日の二月二一日の高田治作宛には、「病気はい、経過をとつてゐる、初め結核の疑ひもあつたんだが、その方は全く心配がないことに確定して、この室に移つた」と記しているからです。さらに二月二三日の小田島理平治宛にも、「病気はお蔭でよい経過をとつてゐます、アト一ケ月位で退院が出来るかもしれません」とあり、二月二四日の大信田金次郎宛にも、「経過は案外よく、来月中には退院が出来さうです。」と記しているのです。

会社の上司の安藤宛だけ、自らの肺病での死を予知するような悲しい内容を書かなければならなかったのは何故なのでしょうか。もしかすると、そこに少しでも長く病気療養のために休職したいという魂胆があったのかもしれません。しかし、どうもそういう悪智恵だけで書いているとは思えません。

なぜなら幸徳秋水と管野スガの二人とも肺病であったことが記され、「病院から出たあとの事を考へると、何だかかう怖ろしくなります」と記し、「安楽なる生活といふものを将来に期待し得られない人間は、誰しも同じやうな心理状態を経験するらしく思はれます。」と記しているからです。土岐の従兄で朝日新聞社編集委員の安藤なら、今後の生活のことの愚痴を訴えられる相手と思ったのでしょう。「何年か後」に死ぬとしても、退院してから死ぬまでの生活をどうしたらよいのか。その心細さを上司に訴えずにはおられなかったのです。

退院の知らせ

四〇日ほど入院して、一九一一年三月一五日に退院となります。この退院の知らせは、当日「今日退院しました、これから家で寝てゐるのです」という、土岐宛の簡単な葉書を最初に、その三日後の三月一八日に大島宛の「十五日に退院して今は家に寝てゐますが、どうも毎日午後になると熱が出るので弱ります大分衰弱してしまひました」云々という葉書、そして金田一宛、高田宛、郁雨宛の四通が残っています。ここでは郁雨宛を全文記してみます。

郁雨君、再昨日（十五日）の午後退院した。退院はしたが、当分の内はベッドの上に寝てゐると日本の蒲団の上に寝てゐるとの相違にすぎない、腹の方も胸の方も八分通りはよくなつたが、これからウント養生しなくては肺になる恐れがあると医者が言つた、又、熱が全くなくなるまで家で寝てゐて、スツカリなくなつたら二ケ月も海岸へ転地しろと言つた、君、僕にそんな金があるものか、今薬を三種のんでゐる、その一種は莫迦《ばか》に高い、昨日と一昨日は天気が悪くて全く弱つたが、今日は青空を見た、僕の今のからだは便所へ行つて来るだけでガツカリする。またいつか書く。

この手紙から、無事退院したことは分かりますが、しかしまた完全に恢復したわけではないことも分かります。先ほどの安藤宛の肺病での死を予感した手紙とどこかで繋がっているような、将来に希望を持てない暗い内容です。「ウント養生しなくては肺になる恐れがあると医者が言つた」ということも、ここできちんと記しています。また当時の療養の一つであった、海や高原への転地療法も勧められたのですが、当然のことながらそのようなお金があるはずもなく、それどころか三種類の薬代さえも大変であることが記されています。

このような内容は、大島宛も高田宛も基本的に同じことでした。確かに退院はしたのですが、その喜びよりもこれからの不安の方がより強い内容なのです。

退院後の病苦の訴え・子規との相違

一九一一年三月一五日に退院してから、翌年の一九一二年四月一三日に亡くなるまでの、ほぼ一年間の七〇通あまりの手紙のほとんどすべてに、本人自身かあるいは家族の病苦のことが記されています。正岡子規がその後半生、肺結核から骨に転移し脊椎カリエスとなって、自らの病状・病気を『松蘿玉液』『墨汁一滴』『仰臥漫録』『病床六尺』の四冊の闘病記の随筆集として後世に残したようなことを、啄木は書簡や日記や随筆で行っていたのです。

もっとも二人の闘病の記録には自ずと相違もあります。それは子規が喀血し肺結核を意識し、その象徴的な雅号である子規（「しき」は「ほととぎす」という鳥の名前の漢語表現です。ホトトギスは口の中が赤いので、肺結核患者が喀血した時と同じようであると考え、昔から結核患者のことを「ほととぎす」と呼んでいたのでした）を名乗ったのが二二歳（一八八九年）であり、脊椎カリエスになり病床生活を始めたのが二九歳（一八九六年）で、その後四冊にもなる闘病記を記し亡くなったのが三五歳（一九〇二年）です。つまりある意味で、充分な時間的な余裕があったということです。しかし啄木の場合は、亡くなるまで退院後わずか一年間しかありませんでした。

そして子規の場合は、病気療養しているのは本人だけであり、独身のうえに新聞社からの給料と妹律《りつ》からの手厚い看護を受けることができたのに対して、啄木は、妻節子そして母カツの病気もあり、家族の生活という経済苦も重なったことがあります。それ故に子規は数多くの文章を書き残すことができた上に、なおかつ次に記すような、時にユーモラスな描写であると思われる記述のできる余裕もあったのでした。

それは『墨汁一滴』の中のものです。「この頃は左の肺の内でブツ〱〱〱といふ音が絶えず聞える。これは『怫《ぶつ》々々々』と不平を鳴らして居るのであらうか。あるいは『仏々々々』と念仏を唱へて居るのであらうか。あるいは『物々々々』と唯物説《ゆいぶつせつ》でも主張して居るのであらうか。」(一九〇一年四月七日)などです。

しかし、啄木の退院後からの闘病記録にはほとんどユーモアがありません。ひたすら厳しい病苦、そして第四章で記しましたような経済苦が記されるのです。本人の病苦については、例えば加藤四郎宛(一九一一年七月一日)があります。少し長いのですがその部分を引用します。加藤は当時朝日新聞社に七人いた校正係の主任でした。つまり、啄木の直接の上司だったのです。

六月の初めになつて天候が悪くなりかけると同時に、私の健康もまたぞろ調子が狂つて来たのです。今まで何ともなかつた左の肺が痛み出して、ひどい時は夜一夜冷水湿布をやつて眠らずにしまつたこともありました。ぢつとして坐つて小さい呼吸をしてゐるか、仰向に寝てゐるかすれば、三十分位は痛みを忘れてゐる事が出来ましたが、同じ姿勢が長くつゞくと痛くなり、また欠伸《あくび》などする時に思はず大きい呼吸をしたり、少しでも身体を動かすと、叫びたい程痛みました。それで病院に行く訳に行かず、また医者に来て貰ふ金もなく、一人で悲観して寝てゐましたが、痛みは十二三日頃を頂上にして段々軽くなりました。そして二十日頃に勇を鼓して病院に行きましたところが、痛みのあつたのは乾性肋膜炎《かんせいろくまくえん》（水のたまらぬ）の起つた為めで、さうしてそれがもう直りかけてゐるといふことでした。其処でまた薬が変りました。

四五日前にはその痛みがもうなくなりました。それで久し振りに湯に入りました所が、運悪くも風邪を引いて、昨日一昨日は咳の出る度に少しまた痛かつたのですが、その咳も今日は大方鎮まりました。

体温は五月頃には殆んど規則的に朝は平温、昼三十七度三四分、午後三時三十七度六分前後、夜三十七度三四分と云ふ程度の発熱でしたが、痛み出して以来は発熱の程度も極めて不規則になり、朝は七度以上の熱があるから今日は成績が悪いなと思つてゐると、昼頃になつて殆んど平温になつたり、さうかと思ふと夜になつて八度近くまで上つたりしましたが、それもこの三四日はもう七度四分以上に上らなくなりました。

それで私は今から考へてゐます。何分丈夫でもない身体へ持つて来ての慢性の病気なのですから、すつかり恢復するといふまでには却々《なかなか》容易なことでないのですし、そのうち休んでゐては心苦しくもあり、旁々《かたがた》多少の発熱位は自然的の恢復に待つことにして、この湿潤な天候の去り次第出社いたします。

六月の天候の悪さに比例して体調も悪く、痛みや熱が出ていることを詳細に記し、「慢性の病気」なので「自然的の恢復」を待つことにしていると記しています。

酷暑による体調の悪化の報告

このように雨の多い湿潤な気候に苦しめられていた啄木ですが、それ以上に大変な酷暑に襲われ、ますます体調が悪化します。このことは高田治作宛（八月一五日）や畑山亨宛（八月三一日）に詳しく記されていますが、本書では前者の高田宛を引用します

不甲斐《ふがい》なきは僕のからだである。（中略）一ケ月余の湿潤な気候と、そのつぎに来た九十度の酷暑とが、弱つたからだにひどくこたへたものと見えて、先月の二日には三十八度五分許りの熱が出、（退院以来毎日三十七度五分位までの熱は常にあつたが）、三四日して引くと、今度は十二日になつて突然四十度三分といふ高熱に襲はれた。病院にゆく事も出来ず、病院の医者を呼ぶだけの金もなし、仕方なしに間に合はせに呼んだ近所の医者は、薬は上げるけれど、成

るべくなら他の医者に見せてくれと悲観的なことを言ふ。さうしてその熱が病院では〇・二しか一度に飲まされなかつたピラミドンといふ解熱剤を、その二倍の量づゝ毎日三度のまされたに不拘《かかわらず》、なかなか下らないで、前後十日間許りは連日連夜氷嚢《ひょうのう》の厄介になつてゐました。平生から自分の寿命にあまり信用をおいてゐなかつた事でもあり、今度こそは多分肺炎でも起してまゐるのだらうと思つて、額と心臓部とに氷をあてがい乍ら、葬式の費用の出所などを心配してゐると、肋膜の方を少し悪くしただけで、幸ひに余病を起さずにその熱も下つてまゐり、去る七日には函館の友人から金を送つて貰つて、あの非衛生的な本郷の床屋の二階から、家族に守られつゝこの小石川の家へ病床を移した次第です。（中略）

たゞ困るのは、先月発熱当時、折柄の酷暑と体熱との為め、氷嚢が二十分位で融け、それを昼夜とりかへるために、昨年の出産以来あまり丈夫でなかつた妻が過分の努力をした結果、爾来健康を害してしまつて、これも矢張り医者の厄介になつてゐることです。さうしてそれが容易に直らない事です。

啄木の記す華氏九〇度とは現在の摂氏で三二度になります。気象庁の過去の気象データによりますと、一九一一年の東京の最高温度は、摂氏で三〇度くらいであることが分かります。今の東京の八月は摂氏三五度から三七度くらいにもなります。ヒートアイランド現象の影響で、都市の最低気温は「約一〇〇年前と比べ、東京で四・五度、大阪で三・九度、名古屋で四・一度上昇」

（日本経済新聞電子版）したのだそうです。今に比べれば一〇〇年前は暑くなかったように思われますが、エアコンのなかった時代のことですから、その暑さは大変なことであったことは想像に難くありません。

また、「平生から自分の寿命にあまり信用をおいてゐなかつた事でもあり」とか、「葬式の費用の出所などを心配してゐると」などという表現があり、ドキリとさせられます。四〇度の高熱にうなされていたのですから、そのような事を考えなければならなかった悲しみが思いやられます。

妻節子と母カツの病の報告

今、引用しました高田宛の最後に、妻節子の病のことが少し記されていましたが、啄木だけでなく節子も丁度同じ頃に病になっていたのでした。このことは高田宛の少し前の郁雨宛（八月八日）に最初に記されます。

妻の病気だが、その後どうも心配なので、更に青山内科で呼吸器専門に研究してゐる知合の学士に頼んで診察して貰つたところが、病名は肺尖加答児《カタル》の初期といふことであつた。そしてその学士の指図で、今後同内科古参の山川といふ学士から一週二度宛の診察投薬を受けることになつた。「山川君が可いといふ迄通へばもう大丈夫です」と知合の医者は言つたさうである。

それでその方の薬を飲み出してから顔色も少しよくなり、寝てゐる程のことはなくなつた。流石《さすが》は大学の医者だと思ふ、咳も朝に少し出るきり、食欲も普通のやうである。医者は養生しろ〳〵といふさうである。然し医者の注意で唹《ママ》なども注意し、食器も混同しないやうにしてゐる。

このように節子は、「肺尖加答児の初期」という診断を受け薬を飲むことになります。「肺尖加答児」とは、「肺尖部の結核性病変。肺結核の初期症状。また、肺結核が治りにくかった時代には、ぼかしていうのにも使われた。」（『大辞泉』）病気のことです。肺結核の初期であるという認識が、「唹なども注意し、食器も混同しないやうにしてゐる」という表現になっているのでしょう。

しかし、啄木一家の悲劇はこれで終わりません。妻の節子の病に続いて母カツも病を発症してしまいます。このことも郁雨宛（八月二六日）に詳細に記されています。まず啄木自身と妻の病状が、以下のように記されています。

「僕の現在の生活は全く無方針である。少くとも健康の恢復しない間は、方針の立てやうがない。神経衰弱の気味になつてから食慾が少し減じたが、肋膜の方は順当な経過をとつてゐる。もう引続き三十七度五分以上の熱は出ない。たゞこの七度五分までの熱がいつまで続くやら、それが解らない、以前にも三月の末から先月の大発熱までは矢張毎日々々これだけの熱がつゞいてゐたのだから。妻の方は気分の悪い日は寝、好い日は殆んど平生と変りない顔附をして起きてゐるが、咳はずつと少くなつた。いくらかづゝよくなりつゝある事は事実であるらしい。僕は今では日中の半分は起きてゐられるやうになつた。」です。そしてカツの病状が記されます。

ところが此処にまた一人僕の家に病人がふえた。一週間許りの間何となく元気がなく、少し下痢するといつてゐた母が、一昨日の夕方にはひどくやつれた顔をしてとう〳〵食卓に就かなかつた。あとで額に手をあてゝみると、驚いた、まるで火のやうに熱い。早速検温器で計ると三十九度一分あつた。妻は近所の医者へ、妹は冷し氷を買ひに行つた。やがて医者が来た。腸加答児《カタル》で、熱もそのためだといふ診察であつた。それから心臓が大分前から悪いと見えてひらいてゐるから、熱のために脈搏が烈しくなるやうなことがあれば心臓部を冷やさなくてはいけないと言つた。僕はヒヤリとした——心臓の悪くて時々動悸《どうき》のすることは僕も前から知つてゐた。知つてゐながら、この二年半の間三分の二は一家の炊事を殆んど母一人にして貰はねばならぬ事情の下にあつた。床屋の二階にゐる頃、母が梯子の中途で動悸がすると言つて、鍋などを持つたまゝ暫らく休んでゐる事が何度もあつた——

母はそれ以来寝てゐる人になつた。おも湯と玉子の外は何も食はしてはいけないさうである。一日二日のうちに、便所へ行くさへ大儀なくらゐやつれて衰へた。医者は毎日来る。昨夜も十時頃になつてから三十九度の熱が出て来たため、僕がフラ〳〵するからだで氷を買ひに行つた。

熱の下り始めぬうちは誰か起きてゐねばならぬと思つてゐると、やがて下つて来たのでほつと安心した。その晩は妻は夕方から気分が悪いと言つて寝てゐるし、妹も昼のつかれでグッスリ仮寝をしてゐた。やるせない気持で母に氷嚢を取かへてやつたり熱をはかつてやつたりした。

このようにカツは「腸加答児」という診断を受け、腸の方ばかりではなく心臓の方も悪く動悸がしていました。カツは三九度の熱にうなされているために、誰かが冷やすための氷を買いに行かなければならないのですが、節子も気分が悪く、妹の光子も寝ているために、啄木自身が「フラ〳〵するからだで氷を買ひに行」くのでした。

母の本当の病名に「私もあきらめました」

実は、カツの本当の病名は、「腸加答児」ではありませんでした。その怖ろしい本当の病名は、翌年一九一二年一月二四日の佐藤真一宛に詳細に記されています。

前略、老母の病気、或る行違ひのため一日に医者が二人来て見ましたが、診察の結果は二人共意見が一致し、さうしてそれが予想以上に私を驚かしました。

喀血したからこそ「或は……」と思つたものゝ、それまでは少しも私共は知らずにゐたのでしたが、母には何年前よりとも知れない痼疾《こしつ》の肺患があつて、左肺が殆どその用をなさなくなつてゐるのださうです。知らずに過した後悔は先に立ちません。さうして非常に老衰してゐる処への喀血ですから、十中七八はこの寒中にたをれるだらうとの事です。事によると数日中かも知れないといふので、もう遠方にゐる姉や妹へ通知してやりました。喀血はとまり、気分もはつきりしてゐるやうですけれど、寝たつきりです。もう第三期なんださうですから、金があつても恢復は出来ない事、金がなければ猶更《なおさら》の事、私もあきらめました。しかし、この儘《まま》別れて入院する事はどうしても出来ません。出来るだけは慰めて薬や滋養をとらせたいと思つてゐます。

母の病気の事が分ると共に、去年からの私一家の不幸の源も分つたやうに思はれます。私がかうして一年も直りかねてゐたのも、つまりは結核性の体質だつたからでせう。尤も私の病気はまだ肺結核にはなつてゐず、肋膜の患部に近い部分にラツセルが聞えるだけの程度だと、これについても昨日の医者は二人共同じ事を言つて行きました。さうして現在のんでゐる薬を見せたところが、「これで可い、これ以上の方法はツベルクリン注射と転地だけだ」と言ひました。私は是非いつか注射をうけたいと思ひます。それから妻の結核性肺尖加答児も、矢張母の病気を知らずにゐた結果としか思はれません。これは病院でツベルクリン注射の結果、十二月中に検鏡及び薬物反応試験の上、結核菌の存在しない事に確定し、それ以来血色もよくなり、体重も増しました。たゞまだ寒気のために加答児が直らないで咳をするため、相不変病院通ひをしてゐます（一週二度）。

喀血した母を二人の医者に診察してもらったところ、左の肺がほとんど用をなさない第三期の肺結核であることを知らされます。しかし、それは今に始まったことではなく、もう既に何年も前から起こっていたのでした。母の治療は、薬の他に現在では考えられない「ツベルクリン注射」と、そして「転地」しかなかったのです。しかし、それもお金がなければできません。啄木は、思わず「私もあきらめました。」と記します。

診断を受けた一月二三日の日記に、「母の病気が分つたと同時に、現在私の家を包んでゐる不幸の原因も分つたやうなものである。私は今日といふ今日こそ自分が全く絶望の境にゐることを承認せざるを得なかつた。私には母をなるべく長く生かしたいといふ希望と、長く生きられては困るといふ心とが、同時に働いてゐる……」と記しています。さきほどの「私はあきらめました。」という言葉と共に、「長く生きられては困る」という言葉に、啄木の絶望の程が示されています。

つまり、経済的な面を考えるとこのまま自宅療養をするしかないのですが、啄木も節子も病気になっており、また子どももいる状況では母の面倒は一体誰がみるのか。さらに、母の病は伝染性のものであり、節子だけでなく子どもへの伝染も考えなければならないのでした。「私はあきらめました。」や「長く生きられては困る」という言葉は、このような状況の中で記された止むに止まれぬ言葉なのです。

最後に書いた妹光子宛

結局カツは、この手紙の一ヵ月半ほど後の三月七日に亡くなります。土岐の厚意により、彼の実家である浅草等光寺にて葬儀が行われました。一段落ついた後に、啄木は生涯の最後になる三月二一日付の手紙を妹の光子に出します。しかし、もう既に自分で筆を持つこともできず、口述筆記となっています。

自分ではかけないからお友達に代筆して貰ふ。

母の病気の事は今まで知らせないで居たが、一月半ばすぎに一週間ばかり続けて喀血して床についたのであつた、(中略)診断の結果は何年前からとも知れない肺結核であるとの事であつた、(中略)田村の姉も肺病で死んで居るし、母にきいて見ると母の両親も今の言葉で言へば肺病で死んだらしい、それやこれや考へ合せると、医者の云ふ事がやはり本当だ、それを知らずに居たために節子や俺も危険な目を見たのだ、

右の様な次第だから、母の夜具蒲団着物等は一切売り払ひ、かたみなどは誰にもやらぬ事にした、櫛《くし》かんざしは棺の中へ入れてしまつた、(中略)

お前の手紙は死ぬ前の晩についた、（中略）節子が大略を話しするとお前から金が来たといふ事だけがわかつたらしかつた、それからその晩何時頃だつたかよく記憶しないが「みい、みい」と二度呼んだ、「みいが居ない」と言ふと、それ切り音がなくなつたけが、この外に母はお前に就て何も言はなかつた、翌る朝、節子が起きて見た時にはもう手や足が冷たくなつて息はして居たがいくら呼んでも返事がない、そこで俺も床から這ひ出して呼んで見たがやつぱり同じ事だ、すぐ医者を迎へたが、その医者の居るうちにすつかり息がきれてしまつた、お前の送つた金は薬代にはならずにお香料になつた、

啄木という日本近代文学史に輝く天才的文学者を生んだ、その母の最期は何とも寂しいものでした。啄木はこのわずか三五日ほど後の四月一三日午前九時三〇分に、父一禎、節子、そして若山牧水に看取られながら亡くなりました。四月一五日に、母と同じ浅草等光寺で葬儀が執り行われました。出席者は四〇〜五〇名でしたが、漱石、白秋、杢太郎、信綱、草平、相馬御風《そうまぎよふう》なども参列していました。

6　思想の深まりと大逆事件への反応

時代閉塞《へいそく》の現状を奈何《いか》にせむ秋に入りてことに斯《か》く思ふかな

石川啄木というと、国家の強権が国内のすみずみまで行き渡っているが故に時代閉塞となっており、そのような国家を敵とし、それを打破し、明日の考察をしていかなければならないと主張する評論「時代閉塞の現状」を書いた人。また、詩「はてしなき議論の後」などを書いた社会主義詩人、あるいは幸徳秋水らの大逆事件が国家権力犯罪としての冤罪《えんざい》事件であることをいち早く見抜き、その真相を後世に残した人としてのイメージが定着しているように思われます。

ところが一〇代後半の啄木はむしろ社会主義思想には批判的であり、日露戦争時には国家の戦争政策に共鳴し昂奮していた人でした。そういう啄木が反転して思想の深まりを得ていくのです。そのことに関しては、既に拙著『啄木日記を読む』の第2章「社会主義への目覚めと模索」等で記しましたが、本章ではこのことを手紙を中心に考察してみたいと思います。

日露戦争に軍歌を唱へん

日露戦争は、一九〇四年二月八日に始まりました（宣戦布告は二月一〇日）。この時啄木は満一八歳であり、前年二月二七日に約三ヵ月間の上京の失敗から帰郷して以後、ほぼ一年間にわたって働くこともなく宝徳寺で執筆活動をしていました。

日露戦争の宣戦布告がなされる前に、既にマスコミでは戦争報道が盛んに行われていました。啄木もそれに敏感に反応して、「東亜の風雲漸く急を告げて、出師《すいし》準備となり宣戦令起草の報となり、（中略）戦は遂に避くべからず。さくべからざるが故に我は寧ろ一日も早く大国民の奮興を望む者なり。（日記・同年一月一三日）」と、国家と一体となり戦争を望む姿勢を記しています。

宣戦布告された日には、盛岡中学校の先輩である野村胡堂宛の手紙に、国家と一緒になって戦争を賛美する文章を書いています。

「号外とび、車かける」てふ都の空、あらず今はこれ闔国《こうこく》の風情皆然り。戦の一語は我らに取りて実に天籟《てんらい》の如く鳴りひゞき候。急電直下して民心怒濤の如し。非役の軍卒は既に老いたる父母可愛き妻子に別れて、蹶起《けっき》召集に応じて行きぬ。そこの辻、こゝの軒端には、農人眉をあげて胸を張り、氷を踏みならし、相賀して hey! ho! の野語勇ましくも語る。酔漢樽をひつさげてザールの首級に擬し、村児群呼して「万歳」の土音雷の如し。愛す可き哉、嘉すべき哉。日東詩美の国、かくの如くして未だ滔天《とうてん》の覇気死せざる也。小生は、あらゆる不平を葬り去りて、この無邪気なる愛国の民と共に軍歌を唱へんと存じ候。明日は紀元の佳節、小生は郷校に村人を集めて、一席の悲壮なる講話を仕るべく候。

そして戦闘の勝利が新聞に掲載されると、「日本艦隊旅順口を攻撃し、水雷艇によりて敵の三艦を沈め（中略）全勝を博したり、と。何ぞそれ痛快なるや。（中略）予欣喜にたへず。（中略）村人諸氏と戦を談ず。真に、骨鳴り、肉躍るの概あり。」（日記・二月一一日）と、「全勝」の報せに「骨鳴り、肉躍る」とその喜びを記すのでした。

このような戦争への昂奮は、「戦雲余録」（「岩手日報」同年三月三日〜一九日）に記されることになります。この中で、「今の世には社会主義者など、云ふ、非戦論客があつて、戦争が罪悪だなど、真面目な顔をして説いて居る者がある。」と、社会主義者という非戦論者を批判的に記しているのです。そして、「一路精進の念の消え失せた文明や平和の廃頽《はいたい》を救ふには、唯革命と戦争の二つあるのみである。」と、革命と戦争を同一視するようなことも記していたのでした。

もっとも啄木は、このような「戦雲余録」に記した戦争賛美の考えが誤りであったことを、四年後の日記（一九〇八年九月一六日）に記しています。「（明治三七年の）二月に日露の開戦。無邪気なる愛国の赤子《せきし》、といふよりは、寧《むし》ろ無邪気なる好戦国民の一人であつた僕は、〝戦雲余録〟

といふ題で、何といふことなく戦争に関した事を、二十日許り続けて書いた。」です。「無邪気なる」を繰り返し、己の考えがまだ幼かったために、「何といふことなく」時代の意見に流されてしまったことを自己批判しました。

反転する思想

一〇代の啄木は浪漫主義者であり、天才主義者でした。そしてそこから徐々に成長し、ついにあることをきっかけに初期とは大きく反転して行ったのです。それではその変化はいつ頃から見られるのでしょうか。

まずその変化の兆しは、一九〇八年の『明治四十一年日誌』の元日の記述から読みとれます。啄木は一九〇七年四月に渋民尋常高等小学校尋常科の代用教員を辞し、一家離散という形で渡道し函館で生活しますが、八月に大火に遭って職を失い九月に札幌に行き、さらに一〇月からは小樽日報社記者をしていたのでした。ところが事務長に暴力をふるわれたことをきっかけに一二月二一日に退社します。そしてそのまま新年を迎えたのです。

「廿三歳の正月を、北海道の小樽の、(中略)借家で、然も職を失うて、屠蘇《とそ》一合買ふ余裕も無いと云ふ、頗《すこぶ》る正月らしくない有様で迎へようとは、抑々《そもそも》如何な唐変木《とうへんぼく》の編んだ運命記に書かれてあつた事やら。(中略)自分自身が貧乏人であるからなのだ。(中略)此驚くべき不条理は何処から来るか。云ふ迄もない社会組織の悪いからだ。悪社会は怎《どう》すればよいか。外に仕方がない、破壊して了《しま》はなければならぬ。破壊だ、破壊だ。破壊の外に何がある。」（二月一日）と、自ら失職し貧乏であるという不条理は社会組織が悪いからであるとし、破壊してしまわなければならないと記しています。

日露戦争時の国家と一体となった無批判の啄木は、やっと社会の不条理に目覚めそれと闘う姿勢を示したのでした。四日後には社会主義演説会に行き、添田平吉「日本の労働階級」や西川光二郎（戸籍名は光次郎）の「何故に困る者が殖ゆる乎」「普通選挙論」などを聴いたのでした。その日の日記に、「要するに社会主義は、予の所謂《いわゆる》長き解放運動の中の一齣《ひとこま》である。最後の大解放に到達する迄の一つの準備運動である。そして最も眼前の急に迫れる緊急問題である。（中略）今は社会主義を研究すべき時代は既に過ぎて、其を実現すべき手段方法を研究すべき時代になって居る。」と記しています。

このように思想的には、失職した小樽の地で迎えた正月から啄木は変化していくと考えられます。しかし、この四ヵ月後の一九〇八年四月に単身で上京し、創作活動の失敗から半独身生活を良いことに買春などを記した「ローマ字日記」（一九〇九年四月七日〜六月一六日）があることを考えますと、まだまだ決定的な内面からの変化は無かったと言わざるをえません。

啄木が本質的な反転を遂げるには、いくつかの決定的なきっかけが必要でした。その第一段階は、まず定職をきちんと得たということです。これは一九〇九年三月一日から、朝日新聞社に校正係として勤務しています。しかし、今記しましたように、この直後に「ローマ字日記」がありますから、これも決定的なことにはならなかったのかもしれません。

第二段階は、妻節子、娘の京子、そして母カツの家族が上京し一緒に住み始めたということです。これは一九〇九年の六月一六日でした。この時から少し啄木は観念し、現実に足を着けて夜勤までして働き始めます。しかし、決定打になったのは、この直後の一〇月二日に節子が京子を連れて実家に戻ってしまった事件からでした。

節子は、「私故に親孝行のあなたをしてお母様に背かしめるのが悲しい。私は私の愛を犠牲にして身を退くから、どうか御母様の孝養を全うして下さい。」（金田一京助「弓町時代の思い出から」『金田一京助全集　第十三巻　石川啄木』三省堂）という内容の書き置きを残していますので、直接には嫁姑問題であったことが分かります。このことに関して本書の「あとがき」で、節子の妹のふき子宛の手紙を引用しましたが、その中に「内のお母さんくらいえじのある人はおそらく天下に二人とあるまいと思ふ。」とか、「婆さんは相変わらず皮肉でいや味たつぷりよ。私は年取つてもあんな婆さんにはなるまいと思ふて居ります。」という記述があることからも明白です。

しかし、才能を信じ奔放な啄木の生き方に従順であった節子ですが、啄木の単身生活は釧路では三ヵ月間、そして東京では一年二ヵ月間にも及び、その間ほとんど仕送りもしない状態でした。さすがの節子も堪忍袋の緒が切れたということなのでしょう。家族がありながらも無責任に自由奔放な生き方をしていた自分への批判も込められていたということは、啄木自身も十分分かっていたと思います。いえ、節子の家出によって、そのことに目覚めさせられたというのが正しい言い方なのでしょう。このことは、第四章で紹介しました小学校の恩師の新渡戸仙岳宛の手紙（一九〇九年一〇月一〇日）からも推測できます。

「天職」観の反転

このような段階的な変化をとげて、遂に節子の家出を契機に啄木は初期の浪漫的天才主義的な考えを自己批判し反転してゆきます。そのことを、啄木が使用している「天職」という言葉の使い方の変化によってきちんと説明することができます。このことは拙論「詩を書くことは天職ではない—石川啄木」（池田功・上田博共編著『「職業」の発見』世界思想社）に書きましたが、ここでも少し説明します。

啄木全集から「天職」という言葉をすべて探しましたら、一四ヵ所ほどありました。興味深いのは、その使われ方が節子の家出前と以後とでは正反対に使われているということです。

まず家出前の一九〇七年九月一九日の日記です。この時啄木は、大火で函館を追われ九月一六日から札幌の北門新聞社に校正係として出社していました。この時に「あゝ我誤てるかな、予が天職は遂に文学なりき。何をか惑ひ又何をか悩める。喰ふの路さへあらば我は安んじて文芸の事に励むべきのみ、この道を外にして予が生存の意義なし目的なし奮励なし。予は過去に於て余りに生活の為めに心を痛むる事繁くして時に此一大天職を忘れたる事なきにあらざりき、誤れるかな。予はたゞ予の全力を挙げて筆をとるべきのみ、貧しき校正子可なり、米なくして馬鈴薯《ばれいしょ》を喰ふも可なり。」（傍線池田）と、文学が天職であり、生活などどうでもよいと記しています。

このような考え方は、何もこの時から始まったのではありません。既に以前から記されていました。例えば母校の渋民尋常高等小学校尋常科の代用教員を行っていたときにも、「職業は夢想を本職とし程近い○△小学校の代用教員を副業に勤めて居る。本職の方からは一文の収入もないが、副業によつて毎月大枚八円といふ月給を役場の収入役玉山与作君から渡される。」（「林中書」一九〇七年三月）と記し、収入を得て生活している代用教員よりも夢想している方が本職であると、堂々と母校の『盛岡中学校交友会雑誌』に書いていたのでした。

しかし、節子の家出により反転します。啄木自身、「去年の秋の末に打撃をうけて以来、僕の思想は急激に変化した、」（郁雨宛、一九一〇年三月一三日）とその変化を記しています。そして、この変化を「天職」という言葉を使ってきちんと記しているのが、「弓町より　食ふべき詩」（一九〇九年一一、一二月）です。

> 謂ふ心は、両足を地面《ぢべた》に喰《く》つ付《つ》けてゐて歌ふ詩といふ事である。実人生と何等の間隔なき心持を以て歌ふ詩といふ事である。珍味乃至《ないし》は御馳走ではなく、我々の日常の食事の香《こう》の物の如く、然《しか》く我々に「必要」な詩といふ事である。（中略）

すべて詩の為に詩を書く種類の詩人は極力排斥すべきである。無論詩を書くといふ事は何人にあつても「天職」であるべき理由がない。（中略）「我は文学者なり」といふ不必要なる自覚が、如何《いか》に現在に於て現在の文学を我々の必要から遠ざからしめつゝあるか。（中略）

一切の文芸は、他の一切のものと同じく、我等にとつては或意味に於て自己及び自己の生活の手段であり方法である。詩を尊貴なものとするのは一種の偶像崇拝である。（中略）両足を地面《ぢべた》に着ける事を忘れてはゐないか。（傍線池田）

文学が天職であり、生活などどうでもよいとしていた啄木が、ここで明確に「詩の為に詩を書く種類の詩人は極力排斥すべきである」とし、「詩を書くといふ事は何人にあつても『天職』であるべき理由がない」と、文学だけの生き方を否定します。そして文学中心ではなく、「両足を地面に喰つ付けてゐて歌ふ詩」でなければならないとしているのです。

このような文学観の変化は、そのまま生き方の変化に繋がっていました。啄木は地に根ざした生き方を始めたのです。一家の生活のために残業までして働くようになりました。そして、そこから地に根ざした思想が誕生し、現実の不条理や強権の問題が見えてきたのです。

大逆事件の衝撃と検閲

そして、啄木の思想に決定的な影響を与えた大逆事件（幸徳秋水事件）が起こりました。一九一〇年五月二五日に長野県松本警察署がこの事件の「首謀者」である宮下太吉を逮捕し、六月一日に幸徳秋水が逮捕され、八月にかけて和歌山、岡山、熊本、大阪で秋水と関係した二六人が逮捕されていきます。

これは後に大逆事件と言われますが、それは旧刑法第七三条に「皇室ニ対スル罪」を定義した「大逆罪」によります。一九〇八年七月に発足した第二次桂太郎内閣は社会主義に露骨な敵意を燃やしていました。そういう時に、宮下を中心とする管野スガ、新村忠雄ら数人が天皇暗殺の計画をたてます。しかし、国家権力側はこの事件をうまく利用して社会主義者の一掃を企てました。こうして権力犯罪である冤罪《えんざい》事件が起こったのです。

時の政府がいかに秋水を恐れていたかは、漱石の『それから』（「東京朝日新聞」一九〇九年六月二七日～一〇月一四日）にも、「平岡はそれから、幸徳秋水と云ふ社会主義者の人を、政府がどんなに恐れてゐるかと云ふ事を話した。幸徳秋水の家の前と後に巡査が二三人宛《ずつ》昼夜張番をしてゐる。（中略）万一見失ひでもしやうものなら非常な事件になる。」云々と記していることでも分かります。

当時、讒謗律《ざんぼうりつ》（一八七五年の言論統制令）や新聞紙条例（一八七五年発布、政府の批判を禁止。一九〇九年に新聞紙法となり強化）により、事件の真相は報道されませんでした。しかし、新聞社に勤務していた啄木は、六月二日に東京地方裁判所検事局より、本件の犯罪に関する一切の記事の差止命令が各新聞社に出されたことにより、ジャーナリストとしてこれは大事件であると敏感に反応したのです。啄木は後に「日本無政府主義者隠謀事件経過及び附帯現象」を書き事件の経過をまとめますが、その書き始めがこの六月二日からでした。

この事件が権力犯罪であり冤罪事件であるということを啄木が知ることになるのは、実際に大逆事件の弁護を担当した平出修《ひらいでしゅう》弁護士から情報を得たということによります。歌人でもある平出と啄木は、共に新詩社『明星』（与謝野鉄幹主宰）に属しており旧知の仲でした。また『明星』廃刊後の雑誌『スバル』でも一緒でした。平出は、被告人の大石誠之助（医師）の甥にあたる西村伊作と与謝野鉄幹が知り合いであったことから、大逆事件の二人の被告の弁護を引き受けていました。

傍聴禁止、証人喚問なしの一審だけの大審院における裁判は、一九一〇年一二月一〇日に始まり、一ヵ月程後の一九一一年一月一八日に二四人死刑、二人有期刑の判決が下り、翌日には天皇の恩赦という形で死刑判決の一二人が無期懲役に減刑されました。

啄木は「ローマ字日記」以後の、一九〇九年六月から一九一〇年一二月まで日記を書いていません（この間一九一〇年四月のみ書いています）。また、一九一〇年の手紙には直接的に大逆事件を記していません。しかし、検閲を考慮してか新聞等に実際に掲載されることはありませんでしたが、評論としては「所謂今度の事」（六～七月稿）が大逆事件をテーマにしています。ビイヤホオルで三人の紳士が「今度の事」として話しているのを聞いて、これは「近頃幸徳等一味の無政府主義者が企てた爆烈弾事件の事だつたのである。」と記します。そして無政府主義について記されていきます。さらに「時代閉塞の現状」（八月稿）も書いています。ここでは国家を強権（これは幸徳秋水がクロポトキンの『麺麭《パン》の略取』（平民社）の中に記されたオーソリティを「強権」と訳したものから得ています）とし、それが現在蔓延しており時代閉塞となっているとし、そのような国家を敵として捉えてそれを打破して新しい明日の考察をしなければならないと主張しています。

しかし、なぜこのような先鋭的な国家批判の発想を生むことができたのでしょうか。中山和子は「啄木のナショナリズム」（明治大学文学部紀要「文芸研究」一九七九年三月）で、このような国家批判ができたのは、大逆事件の影響とともに「さらに奥深くは、啄木がわずか半年前まで、一人の愛国家、素朴な一種の国家主義的ナショナリストとして、明治の国家体制をほとんどまったく疑ってこなかったことにあるであろう。」と記しています。このことをもう少し分かり易く言うと、今まで国家権力を疑うことのなかった生き方に対して、その誤りを深く恥じて心の奥底から反省し、それが故に以後は逆に強権を批判することができるようになったのだということです。

同じようなことは、澤地久枝の『14歳〈フォーティーン〉満州開拓村からの帰還』（集英社新書）にも記されています。一九三〇年生まれの澤地は、侵略戦争の時代は満州（中国東北部）で過ごしました。その時は「好戦的な少女」で「軍国少女」であったことを記しています。「『もっと、戦争のために、努力しなければならない』真剣にそう考えた。」とも記しています。しかし、そういう国家の行うことを批判することも知らなかった元軍国少女の澤地であったからこそ、戦後はそういう「おのれの無知を愧《は》じ」て、一貫して強権への批判を行い反戦と平和のための発言や行動をするようになったのではないでしょうか。

つまり、澤地は一九四五年八月一五日に目覚め、自己批判をして強権への批判を行うようになったのです。ある意味で啄木も妻節子の家出と大逆事件に直面したことにより、成し遂げられたと言うことができるかもしれません。いずれにしてもそのような反転があったのです。

啄木はまた、このような時代への思いを短歌に詠み、若山牧水主宰の『創作』（一九一〇年一〇月短歌号）に、「九月の夜の不平」（詠出は九月九日夜）として三四首掲載しました。その中に次のような歌があります。

つね日頃好みて言ひし革命の語をつゝしみて秋に入れりけり
今思へばげに彼もまた秋水の一味なりしと知るふしもあり
秋の風我等明治の青年の危機をかなしむ顔撫《な》でゝ吹く
時代閉塞《へいそく》の現状を奈何《いか》にせむ秋に入りてことに斯《か》く思ふかな

明治四十三年の秋わが心ことに真面目になりて悲しも

このような歌は検閲を考慮してか、『一握の砂』（一九一〇年一二月）には一首も収められることはありませんでした。

一九一〇年一二月一〇日に大審院にて第一回公判が行われ、一五日に検事の求刑があり、二七日から二九日に弁護士による弁論が行われました。啄木は一九一一年一月三日に弁護を担当した平出宅に行き、貴重な証言を得てそれを当日の日記に記しています。

「平出君の処で無政府主義者の特別裁判に関する内容を聞いた。若し自分が裁判長だつたら、管野すが、宮下太吉、新村忠雄、古河力作の四人を死刑に、幸徳大石の二人を無期に、内山愚童を不敬罪で五年位に、そしてあとは無罪にすると平出君が言つた。またこの事件に関する自分の感想録を書いておくと言つた。」

です。このことを啄木は、瀬川深宛（一九一一年一月九日）にも記します。「僕の苦心して調査し且つその局に当つた弁護士から聞いたところによると、アノうちに真に逆謀を企てたのは四人しかない、アトの二十二人は当然無罪にしなければならぬのだ」と書いています。

さらに大島経男宛（一九一一年二月六日）にも、「今度の裁判が、△△△裁判であるといふことです（中略）あの事件は少くとも二つの事件を一しよにしてあります。宮下太吉を首領とする管野、新村忠雄、古河力作の四人だけは明白に七十三条の罪に当つてゐますが、自余の者の企ては、

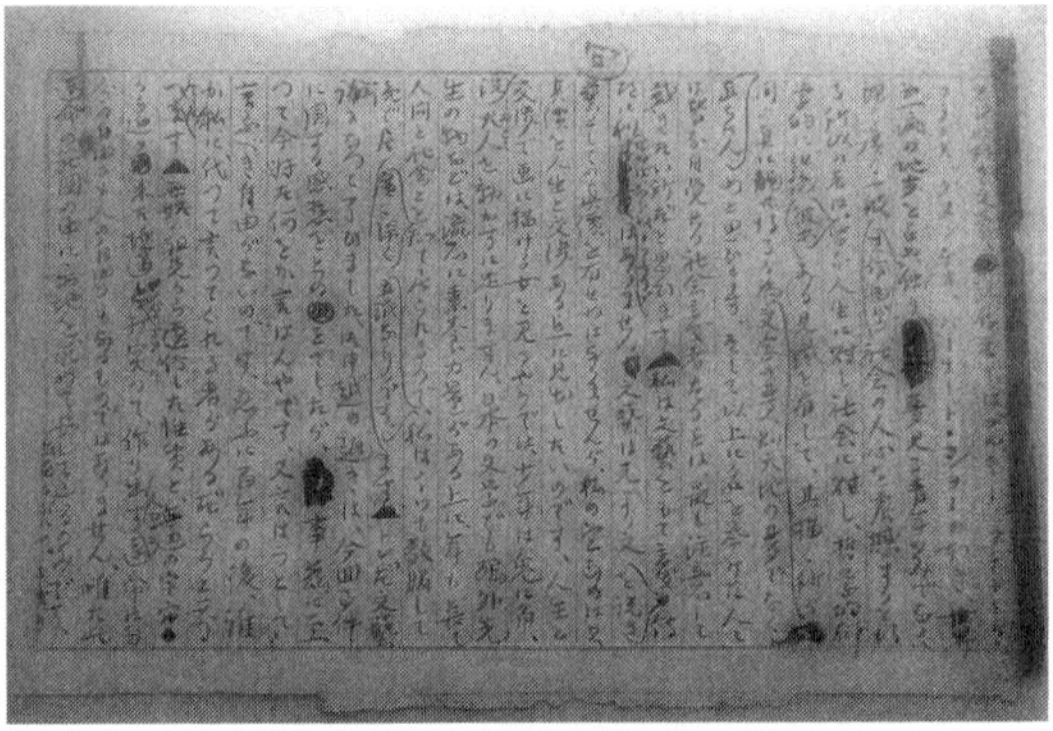

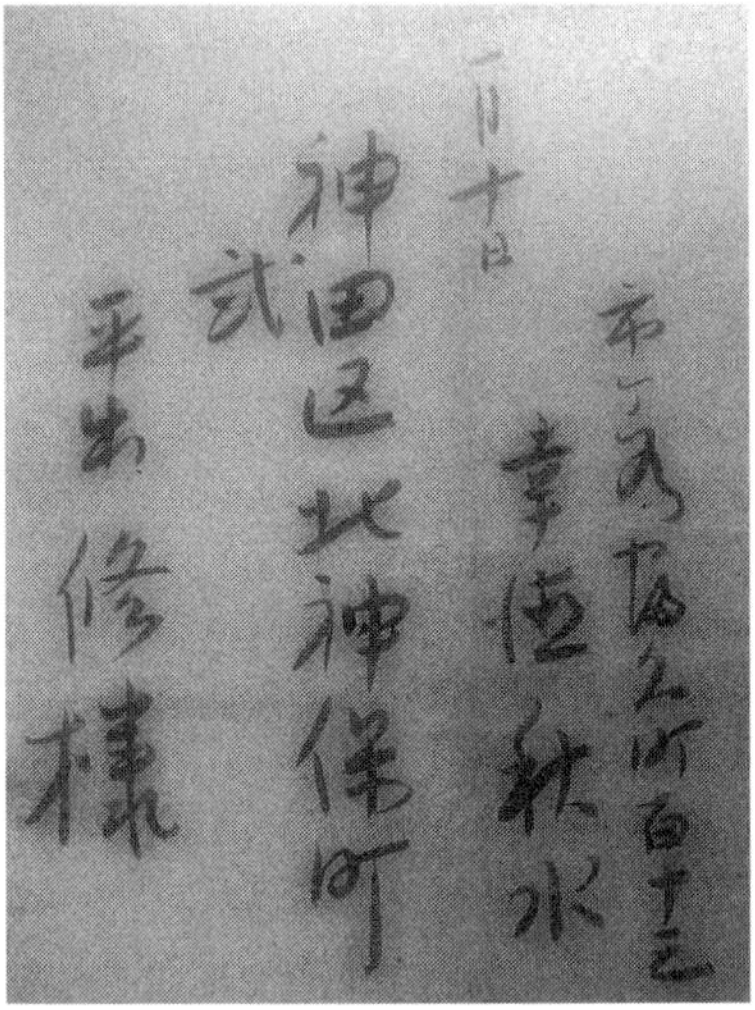

平出修宛、幸徳秋水の手紙

その性質に於て騒擾《そうじょう》罪であり、然もそれが意志の発動だけで予備行為に入つてゐないから、まだ犯罪を構成してゐないのです。さうしてこの両事件の間には何等正確なる連絡の証拠がないのです、」と記しています。

現在の大逆事件研究で明らかになっていることと、ほぼ同じことを指摘しています。啄木は既にこの冤罪事件の真相を知り、それを友人にも知らせていたのでした。そして一月四、五日と幸徳が担当弁護士に送った陳弁書を筆写しています。とりわけ五日の日記には、「火のない室で指先が凍つて、三度筆を取落したと書いてある。無政府主義者に対する誤解の弁駁《べんばく》と検事の調べの不法とが陳べてある。」と記しています。

実は平出修の直系のお孫さんである平出洸《ひろし》氏から、幸徳秋水から平出修に宛てた獄中からの手紙（一九一一年一月一〇日）を見せていただき、写真に撮らせていただきました。手紙で注目していただきたいのは、便せんにすべて検閲の「可」と記された赤い丸印が押されていることです。当然のことですが、すべてが検閲を受けたものであるということです。それでは検閲は、一体どのような点に注目して行われたのでしょうか。

この獄中からの手紙の検閲について、一九三四年から一九四五年までの一二年間にわたって投獄され、妻の宮本百合子に手紙を書き続けた宮本顕治が以下のように記していますので引用してみます。「これらの手紙は、戦時下の監獄の検閲という特殊の条件の下に書かれたのであるが、その検閲によれば次のようなことにふれるのは禁止事項であった。官憲および監獄の『処遇』その他裁判所や検事局、監獄の内部事情や動静について、被告事件の内容について、社会運動や思想問題について。（中略）警察の拷問とか、在監中の結核発病や読書制限に伴う当局との交渉や紛争の内容、被告事件についての立場、公判の経過、或は外部の社会運動の模様等、私の在監中の最も切実な日常問題についてほとんど」（宮本顕治・宮本百合子『十二年の手紙』上下「あとがき」新日本文庫）であると。このことは基本的に明治時代と変化はなかったと思われます。

大逆事件の判決への怒り

一月一八日には、特別裁判の判決が出されました。被告二六人中、二四名が死刑となりました。そしてこの日の日記に、「今日程予の頭の昂奮してゐた日はなかつた。さうして今日程昂奮の後の疲労を感じた日はなかつた。二時半過ぎた頃でもあつたらうか。『二人だけ生きる〳〵』『あとは皆死刑だ』『あゝ二十四人！』さういふ声が耳に入つた。」『判決が下つてから万歳を叫んだ者があります』と松崎君が渋川氏へ報告してゐた。予はそのまゝ何も考へなかつた。たゞすぐ家へ帰つて寝たいと思つた。それでも定刻に帰つた。帰つて話をしたら母の眼に涙があつた。『日本はダメだ。』そんな事を漠然と考へ乍ら丸谷君を訪ねて十時頃まで話した。」と、その憤りを記しています。そして真相を教えてもらった平出宛（一月二二日）に次のように書きます。

特別裁判の判決についてはさぞ色々の御感想もあらせられる事でせう。是非それも伺ひたいと思つてゐるのですが――。僕はあの日の夕方位心に疲労を感じた事はありませんでした。さうして翌日の国民新聞の社説を床の中で読んだ時には、思はず知らず「日本は駄目だ」と叫びました。さうして不思議にも涙が出ました。僕は決して宮下やすがの企てを賛成するものでありません。然し「次の時代」といふものについての一切の思索を禁じようとする帯剣政治家の圧制には、何と思ひかへしても此儘に置くことは出来ないやうに思ひました。

啄木が思わず「日本は駄目だ」と叫んだ「国民新聞」の社説ですが、これは「社会主義は到底駄目である。人類の幸福は独り強大なる国家の社会政策によつてのみ得られる、さうして日本は代々社会政策を行つてゐる国である。と御用記者は書いてゐた。」（日記、一月一九日）と啄木が記しているような内容でした。また「次の時代」のために何かをしたいという思いから、新しい雑誌の計画をたてるのですが、そのことはまた後の節で記したいと思います。

大逆事件については、さらに朝日新聞記者の松崎市郎に「近頃の雑報の中で、今朝の愚童の火葬場の記事ほど、私の神経を強く刺激したものはありません。あれは大兄がお書きになつたものと思ひますが、私は彼の事実に就いて、いろ〳〵考へさせられます。」（一月二五日）という葉書を書いています。これは「内山愚童の弟が火葬場で金槌を以て棺を叩き割つた」（日記、一月二五日）ということでした。

さらに啄木は大逆事件の資料を整理していきます。「幸徳事件関係記録の整理に一日を費やす。」（日記、一月二三日）、「夜、幸徳事件の経過を書き記すために十二時まで働いた。これは後々への記念のためである。」（日記、一月二四日）、「平出君へよつて幸徳、管野、大石等の獄中の手紙を借りた。」（日記、一月二五日）、「社からかへるとすぐ、前夜の約を履んで平出君宅に行き、特別裁判一件書類をよんだ。七千枚十七冊、一冊の厚さ約二寸乃至三寸づゝ。十二時までか丶つて漸く初二冊とそれから管野すがの分だけ方々拾ひよみした。頭の中を底から掻き乱されたやうな気持で帰つた。」（日記、一月二六日）と記されています。

このようなことを行い、啄木は「日本無政府主義者隠謀事件経過及び附帯現象」（一九一一年一月稿）、「'VNAROD' SERIES A LETTER FROM PRISON」（一九一一年五月稿）という感想を記した記録を後世の人々に残すのでした。

国禁の書よみふける秋

本章の「反転する思想」の節でも記しました通り、啄木は一九〇八年一月一日の日記の表現から分かるように、「社会の不条理」を自覚し、社会主義思想に関心を示したのでした。そして、権力犯罪である大逆事件との拘《かか》わりなどを通して、社会思想を深めていくことになります。そのことを啄木自身が、『明治四十四年当用日記補遺』の「〇前年（四十三）中重要記事」として次のように記しています。

「六月――幸徳秋水等陰謀事件発覚し、予の思想に一大変革ありたり。これよりポツ〳〵社会主義に関する書籍雑誌を聚《あつ》む。（中略）思想上に於ては重大なる年なりき。予はこの年に於て予の性格、趣味、傾向を統一すべき一鎖鑰《さやく》を発見したり。社会主義問題これなり。予は特にこの問題について思考し、読書し、談話すること多かりき。たゞ為政者の抑圧非理を極め、予をしてこれを発表する能はざらしめたり。（中略）嘗《かつ》て小樽に於て一度逢ひたる社会主義者西川光次郎君と旧交を温め、同主義者藤田四郎君より社会主義関係書類の貸付を受けたり。」です。

社会主義問題に関心を深め、そして実際にその関係書類を読んでいることが記されています。啄木はこのことを、「赤紙の表紙手ずれし国禁の書《ふみ》よみふけり秋の夜を寝ず」（「明治四十三年歌稿ノート」の七月二七日、『一握の砂』では「赤紙の表紙手擦《ず》れし／国禁の／書《ふみ》を行李の底にさがす日」と推敲されます。）と歌に詠んでいます。

啄木が実際に集めた国禁の本ですが、啄木の死後、行李《こうり》の中から発見されました。その書名を吉田孤羊《こよう》が『石川啄木と大逆事件』（明治書院）に記しています。村井知至《ともよし》『社会主義』（明治三四年）、片山潜『日本の労働運動』（明治三四年）、幸徳秋水『帝国主義』（明治三六年）、千山万水楼主人（河上肇）『社会主義評論』（明治三九年）、九津見蕨村《くつみけつそん》『無政府主義』（明治三九年）、幸徳秋水『社会主義神髄』（明治四〇年）など一九冊があったということです。

この時代、国禁の本を持つことや社会主義思想に関心を持つことは厳しい弾圧にさらされました。そのことを、「日本無政府主義者隠謀事件経過及び附帯現象」（一九一一年一月稿）の「明治四三年八月四日」の日として、以下のように記しています。「文部省は訓令を発して、全国図書館に於て社会主義に関する書籍を閲覧せしむる事を厳禁したり。後内務省も亦特に社会主義者取締に関して地方長官に訓令し、文部省は更に全国各直轄学校長及び各地方長官に対し、全国各種学校教職員若しくは学生、生徒にして社会主義の名を口にする者は、直ちに解職又は放校の処分を為すべき旨内訓を発したりと聞く。」です。

さらに九月六日の日には、「この日安寧秩序を紊乱《びんらん》するものとして社会主義書類五種《ママ》発売を禁止」されたことを記し、その後も多くの発売禁止があったとし、具体的に堺利彦『通俗社会主義』、西川光二郎『普通選挙の話』、幸徳秋水『社会主義神髄』などを書き留めています。この最後の幸徳の書を啄木は持っていたのでした。

若き経済学者と「激論」を闘わす

啄木は、大逆事件の不条理を自覚し社会主義思想についての知識を深めていくことになりますが、手紙の中でそれが記されるのは、一九一〇年一〇月四日の郁雨宛の中です。「先日丸谷君に逢つて社会主義の議論をした」とあります。この「丸谷君」とは、函館生まれで啄木より一つ年下の丸谷喜市のことです。丸谷は前年神戸高商を卒業し、この年に東京高等商業（現在の一橋大学）専攻部に入学し、啄木と交流していました。丸谷は経済学を専攻し、後に神戸商業大学学長になった人です。丸谷は啄木の最後の私家版詩集『呼子と口笛』の「激論」（一九一一年六月一六日）の「若き経済学者N」のモデルとされています。少しその部分を引用しましょう。

われはかの夜の激論を忘るること能はず、

新しき社会に於ける〝権力〟の処置に就きて、
はしなくも、同志の一人なる若き経済学者Nと
われとの間に惹《ひ》き起されたる激論を、
かの五時間に亘れる激論を。

〝君の言ふ所は徹頭徹尾煽動家の言なり。〟
かれは遂にかく言ひ放ちき。

啄木と丸谷のことを、丸谷の甥の宮守計（本名七宮涬三《しちのみやけいぞう》）が『晩年の石川啄木』（冬樹社）にまとめています。この中で、啄木と丸谷との間で社会主義について議論されたのは、一九一〇年一〇月から一九一一年一一月頃までの一年間ほどであったと記しています。

丸谷と会って社会主義の議論を闘わす前の啄木の社会思想については、例えば「百回通信」（一九〇九年一〇月〜一一月）の「工場法制定問題」などに示されています。「工場法案の制定を以て、当局者の社会政策に誠意あるを認む。」とか「経済学者ワグネルの言は、よく彼等の実情に通じたるもの也。」云々とありますが、これは「この当時啄木の社会思想への関心、ないし理解は、マルクスに由来する近代社会主義と、その批判的立場から発想しているワーグナーの社会政策とを並立して気にとめない程度の深さに過ぎなかった。」（前掲宮守）のでした。

ところが、一九一〇年になってから「性急な思想」（二月）などに、「国家といふ既定の権力に対しても、其懐疑の鋒尖《ほこさき》を向けねばならぬ性質のものであった。」と、国家権力への批判的な記述が記されるようになります。そして先ほど述べたように、大逆事件の衝撃により大きく変化するのです。

ただし、一九一〇年一二月三〇日の郁雨宛に、「君、君は、僕の歌集の評の中に社会主義は夢だと書いてあつたが、少くとも僕の社会主義は僕にとつて夢でない、必然の要求である、金田一家と僕の一家との生活を比較しただけでも、養老年金制度の必要が明白ではないか」と記しています。この「養老年金制度」の問題は、社会政策の問題であり、啄木は「社会主義と社会政策とを混同」していると宮守は記しています。その理由として、丸谷が「社会政策研究家」であり、丸谷との議論の中でその影響を受けたためとしています。実際に同時代のドイツでは、ビスマルク政権が飴《あめ》と鞭《むち》の政策として、一八八九年に養老、疾病保険を行っていたのでした。

安楽《ウェルビイング》を要求するのは人間の権利

啄木が、国家権力への批判を強めていたことはよく理解できると思います。啄木が丸谷と議論していると書いたその手紙の直後の岡山儀七宛（一九一〇年一〇月一〇日）に、次のような興味深いことを書いています。岡山は中学時代の友人で、この時は岩手毎日新聞社に勤務していました。

自己の生活といふものを確立するといふことは人間の成功なるべきかに存じ候、多年放浪の境遇にゐて境遇にも思想にも根底といふものの動揺を常に感じ来れる小生にはいつでもそんな気が致し候、いろ〳〵の不合理を圧搾的に集めたる如き都会生活を致し居りては一層その感を深うすることにて、今迄も心より兄を羨みたること一再ならず、小生の匣底《こうてい》［小箱の底・注］には今猶《なおかつ》嘗て考案したる地方新聞の見本なる者蔵せられ居り候、小生の地方思慕の情はまた啻《ただ》に生活の確立といふ事よりのみならず、現在の都府なるものが誤れる社会組織の結果なりてふ思想に関係いたし候、

啄木は地方と都府とを比較し、地方を思慕せざるをえないのは「現在の都府なるものが誤れる社会組織の結果なりてふ思想に関係いたし候」と記し、都府の社会組織の誤りを指摘しています。このことはずっとこれからも批判の対象としていきますが、ここで注目したいのは地方を思慕しているということです。実は、この感情はこの手紙を書いた直後の一〇月二〇日に執筆された、随筆「田園の思慕」（『田園』一九一〇年一一月）にまとめられます。この随筆の終わりに、田園を思慕するのは「単に私の感情に於てでなく、権利に於てである。私は現代文明の全局面に現はれてゐる矛盾が、何時かは我々の手によつて一切消滅する時代の来るといふ信念を忘れたくない。

安楽《ウエルビイング》を要求するのは人間の権利である。」と記しています。
この最後の「安楽を要求するのは人間の権利である。」という文章ですが、全く同じことを瀬川深宛（一九一一年一月九日）にも記しています。瀬川は中学時代の友人で六高を経て京都大学医学部に進んでいました。この長文の手紙の途中で「君は医家たらんとしてその専門の学術を修めてゐる人であり、僕は一新聞社の雇人として生活しつゝ将来の社会革命のために思考し準備してゐる男である。」と記しています。そしてその終わりです。

僕は必ず現在の社会組織経済組織を破壊しなければならぬと信じてゐる、これ僕の空論ではなくて、過去数年間の実生活から得た結論である、僕は他日僕の所信の上に立つて多少の活動をしたいと思ふ、僕は長い間自分を社会主義者と呼ぶことを躊躇してゐたが、今ではもう躊躇しない、無論社会主義は最後の理想ではない、人類の社会的理想の結局は無政府主義の外にない（君、日本人はこの主義の何たるかを知らずに唯その名を恐れてゐる、僕はクロポトキンの著書をよんでビックリしたが、これほど大きい、深い、そして確実にして且つ必要な哲学は外にない、無政府主義は決して暴力主義でない、［中略］）然し無政府主義はどこまでも最後の理想だ、実際家は先づ社会主義者、若しくは国家社会主義者でなくてはならぬ、僕は僕の全身の熱心を今この問題に傾けてゐる、「安楽《ウエルビイング》を要求する人間の権利である」僕は今の一切の旧思想、旧制度に不満足だ、このように、「田園の思慕」、そして瀬川宛に全く同じ「安楽を要求するのは人間の権利である」という内容が記されましたが、これはクロポトキンの『麺麭《パン》の略取』（幸徳秋水訳）の「吾人の宣言する所は実に安楽（ウエルビイング）なるべき権利、即ち天下万人の安楽」という箇所からの引用です。啄木はクロポトキンの著書に感激し、「耳かけばいと心地よし耳をかくクロポトキンの書をよみつゝ」（明治四三年歌稿ノートの七月二六日）という歌まで詠んでいます。

この手紙で、自分を社会主義者と呼ぶことに躊躇しないが、理想的には無政府主義者であり、実際家は社会主義者か国家社会主義者でなくてはならぬと記しています。社会主義者はともかく、国家社会主義者という表現は誤解されやすい言葉です。宮守は「鉄道国営論のような社会政策すらも、当時では、国家社会主義という言葉で理解されていた面もあ」ったこと、また、「議会政策を通じ、社会政策を実現していくという従来の丸谷の考え方をこのように表現したもの」（前掲『晩年の石川啄木』）と指摘していますが、その通りなのであると思います。啄木はそのような強力な社会政策や福祉政策等を前提にして、国家社会主義という表現をしているのです。

啄木の理想は、あくまでも国家権力のない理想の国家でした。それが大逆事件等で国家の強権の横暴を知った啄木の考えでした。もう一度先ほどの「激論」の詩を思い出して下さい。この若き経済学者との激論のテーマは「〝権力〟の処置」でしたが、これが具体的に、「政府のない社会が存在し得るか否か。」であったことを宮守は記しています。つまり、啄木は国家権力のない無政府主義に心を動かされていたのに対して、若き経済学者の丸谷からしてみれば、それはあまりに理想的でありすぎ、空想的過ぎたのでした。

雑誌『樹木と果実』の計画

しかし、啄木は現実的な社会変革を考えていました。それは雑誌という形で計画されます。そのことは先ほども引用した平出宛（一九一一年一月二二日）に記されています。

「次の時代」といふものについての一切の思索を禁じようとする帯剣政治家の圧制には、何と思ひかへしても此儘に置くことは出来ないやうに思ひました。（中略）

今の時代が如何なる時代であるかは、僕よりもあなたの方がよく御存じです。この前途を閉塞されたやうな時代に於て、その時代の青年がどういふ状態にあるかも、無論よく御存じの筈です。さうしてこの時代が、然《しか》し乍《なが》ら遠からざる未来に於て必ず或進展を見なければならぬといふ事に就いても、あなたの如きはよく知つて下さる人と信じます。（中略）僕は、来るべき時代進展（それは少くとも往年の議会開設運動より小さくないと思ふ）に一髪の力でも添へうれば満足なのです。（中略）

僕は長い間、一院主義、普通選挙主義、国際平和主義の雑誌を出したいと空想してゐました。

（中略）かくて今度の雑誌が企てられたのです。「時代進展の思想を今後我々が或は又他の人が唱へる時、それをすぐ受け入れることの出来るやうな青年を、百人でも二百人でも養つて置く」これこの雑誌の目的です。（中略）現時の青年の境遇と国民生活の内部的活動とに関する意識を明かにする事を、読者に要求しようと思つてます。（中略）一年なり二年なりの後には、文壇に表はれたる社会運動の曙光《しよこう》といふやうな意味に見て貰ふやうにしたいと思つてます。

大逆事件を踏まえ、前途を閉塞されたような時代であるが故に、時代進展の雑誌を出したいと平出に訴えています。この雑誌については、「婦人問題もまた我々の提出する問題の一つなのだから、女の人にも読める雑誌だと信ずる。」（宮崎省三宛、一九一一年一月二九日）と、婦人問題もテーマにしたいと記しています。さらに「現代社会組織政治組織、経済組織及び帯剣政治家共に対する不平を円滑に煽動しようと思つてゐる」（高田治作・藤田武治宛、一九一一年二月四日）とも記しています。

さらに大島経男宛（一九一一年二月六日）には、雑誌の名前は啄木の木と土岐哀果の果から『樹木と果実』と名付け、「『次の時代』『新しき社会』といふものに対する青年の思想を煽動しようといふのが目的」であり、「二年か三年の後には政治雑誌にして一方何等かの実行運動——普通選挙、婦人開放、ローマ字普及、労働組合——も初めたいものと思つてゐます」と記しています。

この雑誌の創刊号の広告が『スバル』（一九一一年四月号）に掲載されています。「主に土岐哀果石川啄木の二人之を編輯す。雑誌は其種類より言へば正に瀟洒《しょうしゃ》たる一文学雑誌なれども、二人の興味は寧ろ所謂文壇のことに関らずして汎《ひろ》く日常社会現象に向ひ澎湃《ほうはい》たる国民生活の内部的活動に注げり。雑誌の立つ処自ら現時の諸文学的流派の外にあらざる可らず。雑誌の将来に主張する所亦自ら然らむ。二人は身自ら文学者を以て任ぜざるの誇を以て此雑誌を世の文学者及び文学者ならざる人々に提供す。」とあります。

『石川啄木全集　第四巻』（筑摩書房）の「参考資料」欄に、「『樹木と果実』出納簿」が掲載されています。これによりますと、二月～四月にかけて購読前金として三〇人で累計五〇円ほどが寄せられています。名前の中には、北村智恵子（旧姓橘智恵子）、大島経男や丸谷喜市、谷静湖《せいこ》などの名前も記されています。また支出も三三円が計上されています。

しかし残念ながら、この雑誌は発行されることはありませんでした。それは啄木自身が一九一一年の二月四日に慢性腹膜炎で約四〇日入院したということ、それから印刷所との折り合いが悪かったこと、さらに資金繰りがうまく行かなかったことが、その主な原因かと思われます。「時代閉塞の現状を奈何《いか》にせむ」と思い、新しき明日に向かって行動を起こしていかなければならないという啄木の強い思いだけは伝わってくるのでした。

石川啄木の略年譜

西暦（元号）	啄木のできごと	日本の歴史
1886（明19）	二月二〇日（戸籍上）に、岩手県南岩手郡日戸《ひのと》村（その後岩手郡玉山村日戸となり、現在は盛岡市玉山区日戸となっている）曹洞宗常光寺に、住職の父石川一禎《いってい》と母工藤カツとの長男として生まれる。戸籍上は工藤一《はじめ》。二人の姉と妹のミツ（通称光子）がいる。	4 学校令公布
1887（明20）（1歳）	父一禎、隣村の渋民村（現在盛岡市玉山区渋民）宝徳寺住職となり転住。	12 保安条例公布
1891（明24）（5歳）	学齢より一歳早く、渋民尋常小学校に入学。	12 田中正造足尾鉱毒問題質問書を提出
1892（明25）（6歳）	堀合節子、盛岡第一尋常小学校に入学。母カツが石川家に入籍したため、工藤一から戸籍上「石川一禎養子一」となる。	2 臨時衆議院選挙

1894（明27）（8歳）	尋常小学校二年生。	8 日清戦争開始 11 旅順攻撃
1895（明28）（9歳）	渋民尋常小学校を卒業（首席であったと言われる）し、盛岡高等小学校に入学。盛岡市の母方の叔父のもとに寄寓。	4 日清講和条約、三国干渉
1896（明29）（10歳）	★**友人宛の年賀状一通**。高等小学校の二年生。	6 明治三陸地震
1898（明31）（12歳）	盛岡尋常中学校（現在の盛岡第一高等学校）に一二八名中一〇番の成績で入学。先輩に金田一京助がいた。また一一年後に宮沢賢治が入学。	10 幸徳秋水ら社会主義研究会組織
1900（明33）（14歳）	★**年賀状一通と手紙一通**。三年に進級、友人等とユニオン会をつくる。金田一京助を知り、『明星』（この年の四月創刊）を借覧し愛読者となる。	
1901（明34）（15歳）	★**手紙六通**。**金田一京助**、**野村胡堂**（**長二**）**宛始まる**。三、四年生間に校内刷新の気運が起こり、ストライキに発展。啄木も熱心に参加。翠江《すいこう》の筆名で美文や短歌を発表。「岩手日報」にも掲載	6 第一次桂太郎内閣 12 田中正造天皇

	される。後に妻となる堀合節子との恋愛が急速に進んだ。	に直訴
1902（明35）（16歳）	**★年賀状一通と手紙六通**。 五年生に進級したが、試験で不正行為があったとし譴責《けんせき》処分となり、退学届けを出す。白蘋《はくひん》の筆名で『明星』に短歌が初めて掲載。一〇月三〇日上京する。	岩手県で大凶作
1903（明36）（17歳）	**★年賀状二通と手紙一四通**。 東京生活に行き詰まり二月二七日父に迎えられて帰郷。故郷の自然と堀合節子の愛に癒やされる。初めて啄木の筆名を使い「岩手日報」や『明星』に詩や随筆が掲載される。	7 西園寺公望内閣 11 「平民新聞」創刊
1904（明37）（18歳）	**★年賀状四通、手紙六七通**。**姉崎嘲風（正治）**、**野口米次郎宛**あり。 数多くの作品が雑誌や新聞に掲載され、新進詩人として注目される。一〇月詩集刊行のため上京する。一二月父の一禎が宗費一一三円滞納により、住職罷免《ひめん》処分となる。	2 日露戦争開始 日韓議定書に調印 5 社会主義取締強化
1905（明38）（19歳）	**★年賀状一通、手紙四一通**。**蒲原有明（隼雄）宛**あり。 五月、小田島尚三が三〇〇円出資し、上田敏序詩・与謝野鉄幹跋文《ばつぶん》の詩集『あこがれ』小田島書房より刊行。同月に堀合節子と結婚するが、啄木は帰郷せず花婿欠席の結婚式となる。盛岡市内で新婚生活を始める。	5 日本海海戦 8 ポーツマス条約 9 日比谷焼き討ち事件

1906（明39）（20歳）	**★年賀状五通、手紙三一通。田子一民宛あり。**長姉田村サダ結核で死去。四月より渋民尋常高等小学校にて一年間にわたって代用教員（月給八円）。徴兵検査を受け徴兵免除となる。小説「雲は天才である」など執筆。長女京子誕生。	3 東京市電値上げ反対市民大会 11 南満州鉄道設立
1907（明40）（21歳）	**★年賀状四通、手紙三九通。宮崎郁雨（大四郎）宛始まる。**四月、代用教員の辞表を提出してから生徒とともに校長排斥のストライキを行う。五月、函館に行き苜蓿社《ぼくしゅくしゃ》の人たちの世話により弥生尋常小学校代用教員（月給一二円）や函館日日新聞社遊軍記者をするが、函館大火により職を失う。九月より札幌の北門新報社校正係、一〇月より小樽日報社記者（月給二〇円、後に二五円）となる。	1 日刊「平民新聞」創刊 6 片山潜ら日本社会党結成
1908（明41）（22歳）	**★年賀状七通、手紙一〇二通。森鷗外（林太郎）宛あり。**一月より釧路新聞社記者（月給二五円）になる。四月、家族を函館の後に義弟となる宮崎郁雨に預け、単身で上京し金田一京助の世話になりながら小説を執筆するが、生活に困窮する。	6 赤旗事件 7 第二次桂太郎内閣成立
1909（明42）（23歳）	**★年賀状六通、手紙二五通。吉井勇、橘智恵子宛あり。**一月、『スバル』発行名義人となる。三月より朝日新聞社校正係として採用される（月給二五円、夜勤一夜一円。明治四四年には月給二八円、半期末賞与五四円）。六月、家族上京し同居をする。一〇月、節子一ヵ月間ほど京子を連れて実家に戻る。一一月自己の生活改善を決	1 クロポトキン『麺麭の略取』発禁 10 伊藤博文、ハルビンで安重根

	意し「東京毎日新聞」に「弓町より　食ふべき詩」を発表する。	に暗殺される
1910（明43）（24歳）	**★年賀状七通、手紙三〇通**。 六月、新聞各紙が幸徳秋水ら無政府主義者の「陰謀事件」を伝え、以後この「大逆事件」に関心を持ち資料を集める。また社会主義思想に関心を持つ。八月、「時代閉塞の現状」執筆。九月、朝日歌壇初代選者となる（月に八円の手当）。一〇月、長男真一生まれるも二〇日ほどで死亡。一二月、『一握の砂』東雲堂より刊行（原稿料二〇円）。	5　大逆事件の検挙始まる 8　日本が韓国を併合し、朝鮮総督府を設置
1911（明44）（25歳）	**★年賀状四通、手紙六五通**。**土岐哀果（善麿）、平出修、荻原井泉水（藤吉）宛あり**。 一月、幸徳秋水ら二四人死刑判決に衝撃を受ける。幸徳の陳弁書を写し取る。土岐哀果と雑誌『樹木と果実』の計画を協議する。二月、慢性腹膜炎により、東京帝国大学医科大学附属病院青山内科に四〇日ほど入院。八月、終焉の地となる小石川区久堅町（現在文京区小石川）に転居。節子宛の手紙をめぐり、宮崎郁雨と交友を絶つ。	1　大逆事件で二四人に死刑判決　翌日一二人に減刑 12　東京市電ストライキ
1912（明45）（26歳）	**★年賀状一一通、手紙一四通**。**最後は妹の石川光子宛**。 三月、母カツが肺結核により死去、享年六六。四月一三日午前九時三〇分、結核性による全身衰弱により、妻、父、若山牧水に看取られて永眠。一五日、夏目漱石ら五〇人程が参列した葬儀が土岐哀果ゆかりの浅草等光寺で行われ仮埋葬される。六月、『悲しき玩具』東雲堂	6　富山県で米騒動 7　米価騰貴

	より刊行（四月九日の契約時に原稿料二〇円を得る）。六月一四日に節子は次女房江を療養先の千葉県にて出産。	
1913（大正2）	三月、啄木の遺骨は函館の立待岬《たちまちみさき》に葬られる。五月、節子肺結核のために死去。享年二八。五月、土岐哀果の尽力で『啄木遺稿』、六月、『啄木歌集』刊行される。	2　東京市内暴動、焼き討ち、桂内閣総辞職

本年譜作成にあたり、主として岩城之徳「伝記的年譜」（『石川啄木全集　第八巻』筑摩書房）、望月善次「年譜」（『石川啄木事典』おうふう）を参照しました。

【主要参考文献】

金田一京助他編『石川啄木全集』全八巻・筑摩書房・一九七八年五月〜七九年一月（引用文のルビに関しては必ずしも本書の通りでなく、適宜という形にしました。）

国際啄木学会編『石川啄木事典』おうふう・二〇〇一年九月

（写真出典・協力）

岩城之徳監修、遊座昭吾・近藤典彦編『石川啄木入門』思文閣出版、一九九二年一一月（本書五四、七七、八五、一八六頁）

上田博監修『啄木歌集カラーアルバム』芳賀書店・一九九八年一月（本書一七、七三、七五頁）

平出洸（本書一六四頁）

あとがき

石川啄木の手紙を中心にその魅力を読み解いてきました。しかし文中にあまり書かなかったことで、興味深いことがいくつかあります。その一つは妻節子の手紙です。節子の手紙は実弟の堀合了輔が記した『啄木の妻　節子』（洋々社）の中に、二七通の手紙が引用されています。節子の手紙は啄木のことを知らせる貴重な資料であるばかりでなく、その手紙自体が魅力に富んでいますので、ここで少し紹介します。最初の手紙は、啄木が節子との結婚式に欠席したことに対して怒った上野広一・佐藤善助の友人たちに、節子がむしろなだめるために送った手紙（一九〇五年六月二日）です。

吾れは啄木の過去に於けるわれにそゝげる深身の愛、又恋愛にたいする彼れの直覚を明にせんとて、今此の大書状を君等の前にさゝぐ。此の書は（明治）三十六年彼れ病をおうて帰りし当時、ある人の中傷より私外出を止められ、筆をとることさへ禁ぜられたる時、吾にあたへし処に候、願はくば此の書に於て過去二三年の愛を御認め下され度候。吾れはあく迄愛の永遠性なると云ふ事を信じ度候。（後略）

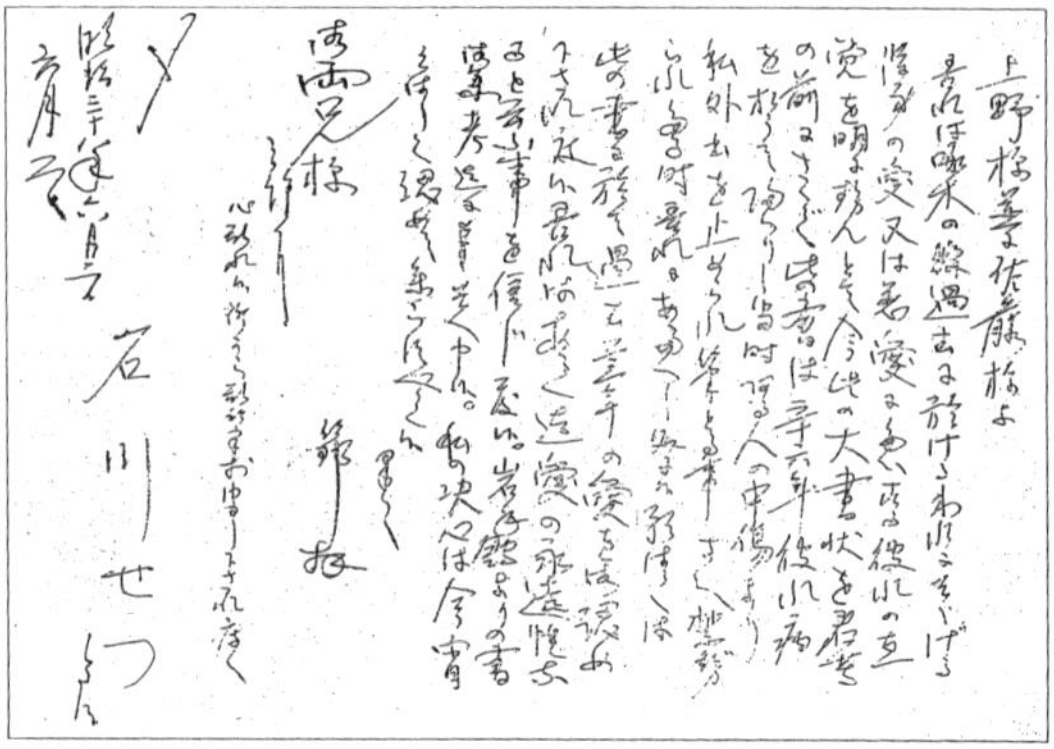

「吾れはあく迄愛の永遠性なると云ふ事を信じ度候。」節子の啄木への愛を強く示した上野・佐藤宛の手紙

節子が啄木との恋愛を禁じられた際に、啄木は節子に対して「そゝげる深身の愛」の手紙を送ったのです。現在それは残っていませんので実際にどのようなものであったのかは分かりませんが、熱烈なものでありそれを読んだ節子は啄木への愛を決心したと思われます。そして「吾れはあく迄愛の永遠性なると云ふ事を信じ度候。」と記したのでした。

翌年、節子が啄木に送った手紙（一九〇六年一二月六日）が、啄木の日記に写し取られています。そこにも「私は君を夫とせし故に幸福なりと信じ、且つよろこび居候」と記しています。節子の郁雨宛（一九〇八年八月二七日）も同じような内容のものです。「啄木が偉くなれるかなれぬかは神ならぬ身の知る事が出来ませんがたれしも偉くなろうと云ふ自信は持つて居るでせう。ですがそう思ふて居る人がはたして偉くなり得る力を持て居る人かどうかわかりませんのネ……然し私は吾が夫を充分信じて居ります。」と、啄木の才能を信じ切っているのです。

さらに、「古今を通じて名高い人の後には必ず偉い女があつた事をおぼへて居ます。」と記し、もちろん自分はそのような女ではないと控えめに述べながらも、「でも啄木の非凡な才を持てる事は知つてますから今後充分発展してくるやうにと神かけていのつて居るのです。」と記しています。また誰かから「犠牲になる」などと言われると悲しくなるとし、「四年も前から覚悟して居りますもの、貧乏なんか決して苦にしません」と、その覚悟の程を述べています。さらに「あゝ夫の愛一つが命のつなですよ。（中略）啄木は私の心を知つてゐるだらうと思ひます。」と記しています。

この一連の手紙から、啄木への絶対的な愛情、信頼感、才能を信じ切っている姿が痛いほど伝わってきます。これは日本近代における稀にみるラブレターであり、夫婦愛の手紙なのです。実は啄木が節子の手紙を日記に書き写した直後の一九〇六年一二月二六日には、啄木から節子への激しい愛情が綴られています。

不図《ふと》思ひ出したのは、室の隅にある竹行李に、予がこの五年間せつ子に送つた手紙の一束が這入つて居る事であつた。（中略）百幾十通といふ手紙の一束！　あゝ、これが乃ち自分の若き血と涙との不磨の表号、我が初恋――否一生に一度の恋の生ける物語であるのだ、自分と妻せつ子との間の！　読みもてゆくに、目に浮ぶは、あゝ、過ぎゆきし日の彩と香ひ。喜びの涙と悲しみの涙に書きわけた我等二人の生命の絵巻物!!!　随分曲折に富んだこの恋は、実に人に聞かしたら立派な一の小説であらう。せつ子よ、せつ子よ、予は御身を思ふて泣く。（中略）

せつ子よ、天が下に唯一人のせつ子よ、予は御身を思ひ過ぎ来し方を思ふて、今夜只一人、関たる雪の夜の灯火の下、目が痛む程泣いた。せつ子よ、実に御身が恋しい。!!!

このように、日記にもかかわらず恋文に近いものになっています。しかし、その後の啄木はこの節子の絶対的な愛に甘えてしまい、家庭を顧みることなく気遣いを忘れてしまった結果、逆襲を受けることになります。その後の節子の手紙のトーンは一八〇度変わってしまいます。「東京はいやだ。」(堀合とき子宛、一九〇九年六月一九日)、「内のお母さんくらいえじのある人はおそらく天下に二人とあるまいと思ふ。(中略)ふきさんお前は幸福だ、ほんとうに幸福だ。宮崎さんくらいよい人は、そうあるものではない。(中略)お前は幸福な女だ!　私は不幸な女だ!」(堀合ふき子宛、一九〇九年七月五日)と記します。

とき子は節子の母親で、ふき子は節子の妹です。ふき子は郁雨と結婚することになります。そのふき子に郁雨は良い人であるから、「お前は幸福な女!」と記し、それに対して自分は「不幸な女だ!」と記します。この後もふき子に愚痴めいた手紙が続きます。「ひるの間は京子がうるさいしね。(中略)実に考へるとつまらないわ、めんどうくさい事ばかりで、それに体もよくないし、毎日毎日気分が悪いのよ。」(一九〇九年一二月二〇日)、「婆さんは相変らず皮肉でいや味たつぷりよ。私は年取つてもあんな婆さんにはなるまいと思ふて居ります。父は酒を毎晩ほしがるし、仲々質屋と縁をきる事はむづかしい様ですよ。何時も時日もピーピーよ。」(一九一〇年一一月八日）などです。

自らの体調の悪さ、姑《しゅうとめ》と舅《しゅうと》への不満、そしてお金のなさが記されていますが、不思議なことに夫である啄木への不満を書いたものは一通もありません。しかし、もちろん背後にこのような状況を強いている啄木への不満は感じられます。節子の手紙からは、そのような不満を母や妹たちに伝えることで、何とか辛抱している苦悩が伝わってきます。

さて、もう一つ興味深いのは、節子が嫌った啄木の母カツの手紙です。カツの手紙は、一通のみ「ローマ字日記」（一九〇九年四月一三日）に写し取られています。

このあいだみやざきさまにおくられしおてがみでは、なんともよろこびおり、こんにちかこんにちかとまちおり、はやしがつになりました。いままでおよばないもりやまかないいたしおり、ひにましきょうこおがり、わたしくのちからでかでることおよびかねます。そちらへよぶことはできませんか？　ぜひおんしらせくなされたくねがいます。このあいだ六か七かのかぜあめつよく、うちにあめもり、おるところなく、かなしみに、きょうこおぼいたちくらし、なんのあわれなこと（と）おもいます。しがつ二かよりきょうこかぜをひき、いまだなおらず、（せつこは）あさ八じで、五じか六（じ）かまでかえらず。おっかさんとなかれ、なんともこまります。それにいまはこづかいなし。いちえんでもよろしくそろ。なんとかはやくおくりくなされたくねがいます。おまえのつごうはなんにちごろよびくださるか？ぜひしらせてくれよ。

はこだてにおられませんから、これだけもうしあげまいらせそろ。かしこ。

へんじなきと（き）はこちらしまい、みなまいりますからそのしたくなされませ。

啄木は写し取った後に、「ヨボヨボした平仮名の、仮名違いだらけな母の手紙！予でなければ何人《なんびと》といえどもこの手紙を読み得る人はあるまい！」云々と記しています。妻子と母を函館に残して単身上京していたために、上京を促されていたのでした。そのため母は忘れていた平仮名を思い出しながら、一人息子に一緒に住むことを頼み込んでいたのです。

啄木を稀有な文学者に育て上げたカツと、そして啄木の才能を信じ惜しみない愛情を注いだ節子。この二人の支えがなかったら啄木は存在しなかったと思われます。二人への敬意と謝意を示すためにも、二人の手紙を最後に記してみました。

本書の刊行に当たりまして、平出修の孫の洸氏から貴重な手紙を見せていただきました。深く御礼申し上げます。また妻の美愛には校正等を手伝ってもらいました。『啄木日記を読む』、『啄木　新しき明日の考察』に続いて、啄木生誕一三〇年の記念の年にこのような本を刊行できましたことを嬉しく思います。編集部の久野通広さんには、前の二著と同様に大変お世話になりました。心より感謝申し上げます。

池田　功

二〇一六年一月

池田　功（いけだ　いさお）
1957年新潟県生まれ。
明治大学大学院文学研究科博士後期課程単位取得退学　韓国・東国大学校招聘特別専任講師、ドイツ・フライブルク大学及びボン大学日本文化研究所客員研究員を経る。
現在　明治大学政治経済学部教授　同大学院教養デザイン研究科教授　文学博士　国際啄木学会会長　りとむ短歌会同人
主な著書　『若き日本文学研究者の韓国』（1992年、武蔵野書房）
『石川啄木　国際性への視座』（2006年、おうふう）
『石川啄木　その散文と思想』（2008年、世界思想社）
『新版　こころの病の文化史』（2008年、おうふう）
『啄木日記を読む』（2011年、新日本出版社）
『啄木　新しき明日の考察』（2012年、新日本出版社）
『石川啄木入門』（2014年、桜出版）

啄木《たくぼく》の手紙《てがみ》を読《よ》む

2016年1月15日　初　版

著　者　池田　功
発行者　田所　稔

郵便番号　151-0051　東京都渋谷区千駄ヶ谷4-25-6
発行所　株式会社　新日本出版社
電話　03（3423）8402（営業）
03（3423）9323（編集）
info@shinnihon-net.co.jp
www.shinnihon-net.co.jp
振替番号　00130-0-13681
印刷　亨有堂印刷所　　製本　小泉製本

落丁・乱丁がありましたらおとりかえいたします。

ISBN978-4-406-05956-5 C0095　Printed in Japan